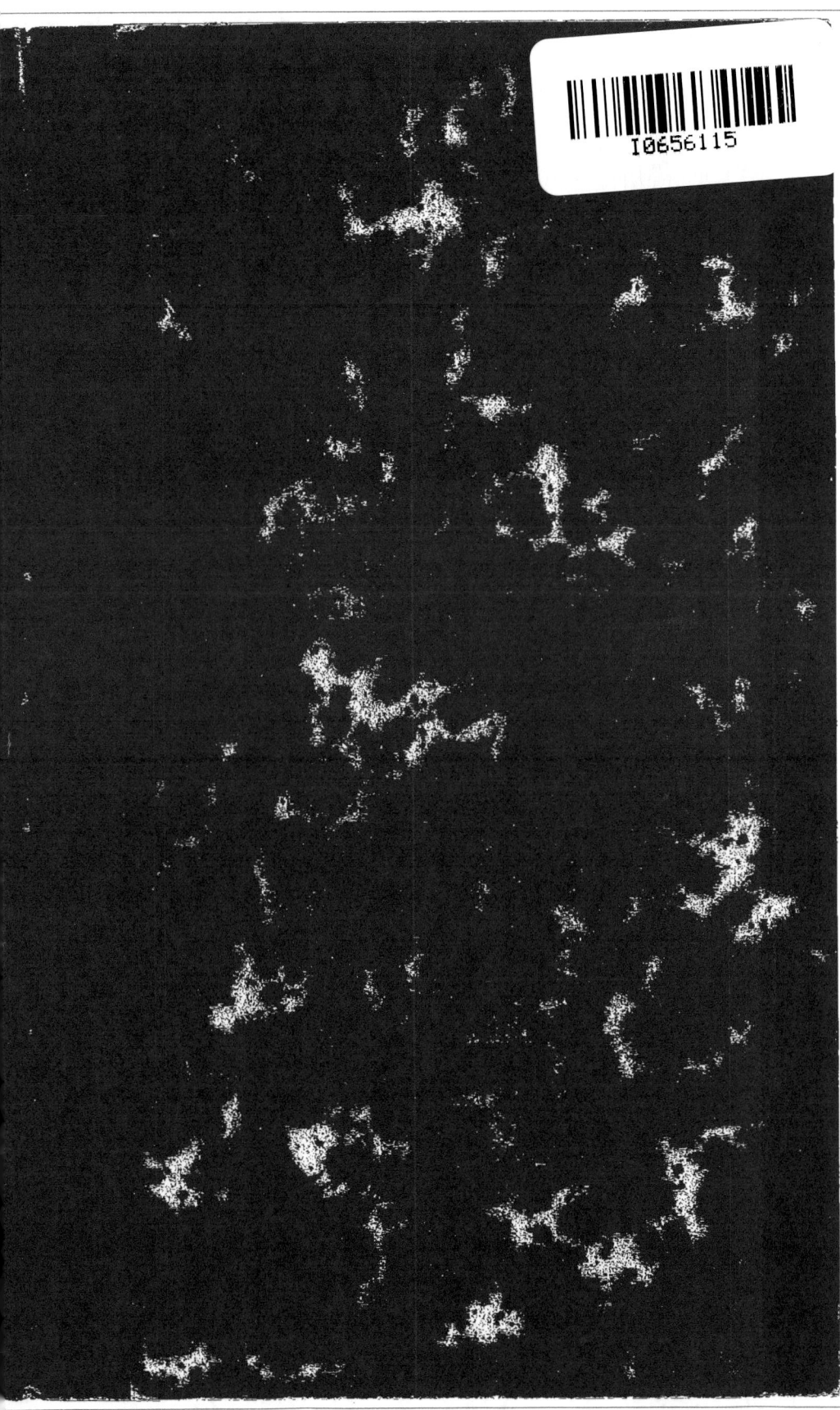

(C.)

# CONSUELO.

# NOUVEAUTÉS

## Récemment publiées.

LA BAGUE ANTIQUE, par S. Henry Berthoud, 2 vol. in-8.

LES SOUFFRANCES ET LES AMBITIONS DE GABRIEL RUSCONNETZ, par S. Henry Berthoud, 2 vol in-8.

LA COUPE DE CORAIL, par madame Mélanie Waldor, 2 v. in-8.

UN LION AUX BAINS DE VICHY, par Touchard-Lafosse, 2 vol.

ANDALOUSIA, par Lottin de Laval, 2 vol. in-8.

HÉLÈNE DE POITIERS, par Touchard-Lafosse, 2 vol. in-8.

LE RÉMOULEUR, Roman historique inédit, par Touchard-La-fosse, 2 vol. in-8.

LES COMTES DE MONTGOMMERY, par Lottin de Laval, 2 v. in-8.

LE CABARET DE RAMPONEAU, par Amédée de Bast, 2 v. in-8.

CONSUELO, par madame George Sand, 4 vol. in-8.

ANDRÉ LE VENDÉEN, par madame Mélanie Waldor, 2 vol. in-8.

SOUVENIRS INTIMES DU DUC DE BASSANO, recueillis et publiés par madame Charlotte de Sor, 2 vol. in-8.

LES TROIS ARISTOCRATIES, par Touchard-Lafosse, 2 v. in-8.

LES BRODEUSES DE LA REINE, par Ernest Alby, 2 vol. in-8.

LA REINE DES VOLEURS, par Jules David, 2 vol. in-8.

L'HOMME SANS NOM, par Touchard-Lafosse, 2 vol. in-8.

L'ÉCHELLE DE SOIE, par Hippolyte Lucas, 2 vol. in-8.

BERTHE FRÉMICOURT, par S. Henry Berthoud, 2 vol. in-8.

LE GRENADIER DE L'ILE D'ELBE, par Barginet de Grenoble, deuxième édition, 2 vol. in-8.

LAGNY. — Imprimerie de Giroux et Vialat.

# CONSUELO

PAR

## GEORGE SAND.

Tome Troisième.

PARIS,
L. DE POTTER, LIBRAIRE-ÉDITEUR,
Acquéreur du Cabinet littéraire, Collection universelle des meilleurs romans modernes,
Rue Saint-Jacques, 38.

1843.

**I**

Après bien des détours et des retours dans
les inextricables sentiers de cette forêt jetée
sur un terrain montueux et tourmenté, Consuelo se trouva sur une élévation semée de
rochès et de ruines qu'il était assez difficile
de distinguer les unes des autres, tant la main

de l'homme, jalouse de celle du temps, y
avait été destructive. Ce n'était plus qu'une
montagne de débris, où jadis un village avait
été brûlé par l'ordre du *redoutable aveugle*,
le célèbre chef Calixtin Jean Zyska, dont Albert croyait descendre, et dont il descendait
peut-être en effet. Durant une nuit profonde
et lugubre, le farouche et infatigable capi-
taine ayant commandé à sa troupe de donner l'assaut à la forteresse des Géants, alors
gardée pour l'empereur par des Saxons, il
avait entendu murmurer ses soldats, et un
entre autres dire non loin de lui : « Ce maudit
aveugle croit que, pour agir, chacun peut,
comme lui, se passer de la lumière. Là-
dessus Zyska, se tournant vers un des quatre
disciples dévoués qui l'accompagnaient partout, guidant son cheval ou son charriot, et
lui rendant compte avec précision de la position topographique et des mouvements de

l'ennemi, il lui avait dit, avec cette sûreté de mémoire ou cet esprit de divination qui suppléaient en lui au sens de la vue : « Il y a ici près un village? — Oui, père, avait répondu le conducteur Taborite ; à ta droite, sur une éminence, en face de la forteresse. » Alors Zyska avait fait appeler le soldat mécontent dont le murmure avait fixé son attention : « Enfant, lui avait-il dit, tu te plains des ténèbres ; va-t'en bien vite mettre le feu au village qui est sur l'éminence, à ma droite; et, à la lueur des flammes, nous pourrons marcher et combattre. »

L'ordre terrible avait été exécuté. Le village incendié avait éclairé la marche et l'assaut des Taborites. Le château des Géants avait été emporté en deux heures, et Zyska en avait pris possession. Le lendemain, au jour, on remarqua et on lui fit savoir qu'au milieu des décombres du village, et tout au sommet de la colline qui avait servi de plate-forme aux soldats pour observer les mouvements de la forteresse, un jeune chêne, unique dans ces contrées, et déja robuste, était resté debout et verdoyant, préservé apparemment de la chaleur des flammes qui montaient autour de lui par l'eau d'une citerne qui baignait ses racines.

—Je connais bien la citerne, avait répondu Zyska. Dix des nôtres y ont été jetés par les damnés habitants de ce village, et depuis ce temps la pierre qui la couvre n'a point été levée. Qu'elle y reste et leur serve de monument, puisque, aussi bien, nous ne sommes pas de ceux qui croient les âmes errantes repoussées à la porte des cieux par le patron romain ( Pierre; le porte-clefs, dont ils ont fait un saint), parce que les cadavres pourrissent dans une terre non bénite par la main des prêtres de Bélial. Que les os de nos frères reposent en paix dans cette citerne ; leurs âmes sont vivantes. Elles ont déjà revêtu d'autres corps, et ces martyrs combattent parmi nous, quoique nous ne les connaissions point. Quant aux habitants du village, ils ont reçu leur paiement ; et quant au chêne, il a bien fait de se moquer de l'incendie : une destinée plus glorieuse que celle d'abriter des mécréants lui était réservée. Nous avions besoin d'une potence, et la voici trouvée. Allez-moi chercher ces vingt moines Augustins que nous avons pris hier dans leur couvent, et qui se font prier pour nous suivre. Courons les pendre haut et court aux branches de ce brave chêne, à qui cet ornement rendra tout à fait la santé.

Aussitôt dit, aussitôt fait. Le chêne, depuis ce temps-là, avait été nommé le *Hussite*, la pierre de la citerne, *Pierre d'épouvante*, et le village détruit sur la colline abandonnée, *Schreckenstein*.

Consuelo avait déjà entendu raconter dans tous ses détails, par la baronne Amélie, cette sombre chronique. Mais, comme elle n'en avait encore aperçu le théâtre que de loin, ou pendant la nuit au moment de son arrivée au château, elle ne l'eût pas reconnu, si, en jetant les yeux au dessous d'elle, elle n'eût vu, au fond du ravin que traversait la route, les formidables débris du chêne, brisé par la foudre, et qu'aucun habitant de la campagne, aucun serviteur du château n'avait osé dépecer ni enlever, une crainte superstitieuse s'attachant encore pour eux, après plusieurs siècles, à ce monument d'horreur, à ce contemporain de Jean Zyska.

Les visions et les prédictions d'Albert avaient donné à ce lieu tragique un caractère plus émouvant encore. Aussi Consuelo,

en se trouvant seule et amenée à l'impro-
viste à la pierre d'épouvante, sur laquelle
même elle venait de s'asseoir, brisée de fatigue, sentit-elle faiblir son courage, et son
cœur se serrer étrangement. Non seulement,
au dire d'Albert, mais à celui de tous les
montagnards de la contrée, des apparitions
épouvantables hantaient le Schreckenstein, et en écartaient les chasseurs assez
téméraires pour venir y guetter le gibier.
Cette colline, quoique très rapprochée du
château, était donc souvent le domicile des
loups et des animaux sauvages, qui y trouvaient un refuge assuré contre les poursuites
du baron et de ses limiers. L'impassible Frédérick ne croyait pas beaucoup, pour son
compte, au danger d'y être assailli par le
diable, avec lequel il n'eût pas craint d'ailleurs de se mesurer corps à corps; mais,
superstitieux à sa manière, et dans l'ordre

de ses préoccupations dominantes, il était
persuadé qu'une pernicieuse influence y menaçait ses chiens, et les y atteignait de maladies inconnues et incurables. Il en avait
perdu plusieurs pour les avoir laissés se dé-
saltérer dans les filets d'eau claire qui s'é-
chappaient des veines de la colline, et qui
provenaient peut-être de la citerne condamnée, antique tombeau des Hussites. Aussi
rappelait-il de toute l'autorité de son sifflet
sa griffonne Pankin ou son *double-nez* Saphyr, lorsqu'ils s'oubliaient aux alentours du
Schreckenstein.

Consuelo, rougissant des accès de pusillanimité qu'elle avait résolu de combattre,
s'imposa de rester un instant sur la pierre
fatale, et de ne s'en éloigner qu'avec la lenteur qui convient à un esprit calme, en ces
sortes d'épreuves. Mais, au moment où elle
détournait ses regards du chêne calciné

qu'elle apercevait à deux cents pieds au
dessous d'elle, pour les reporter sur les objets environnants, elle vit qu'elle n'était pas
seule sur la pierre d'épouvante, et qu'une
figure incompréhensible venait de s'y asseoir
à ses côtés, sans annoncer son approche par
le moindre bruit.

C'était une grosse tête ronde et béante,
remuant sur un corps contrefait, grêle et
crochu comme une sauterelle, couvert d'un
costume indéfinissable qui n'était d'aucun
temps et d'aucun pays, et dont le délabrement touchait de près à la malpropreté. Cependant cette figure n'avait d'effrayant que
son étrangeté et l'imprévu de son apparition,
car elle n'avait rien d'hostile. Un sourire
doux et caressant courait sur sa large bouche, et une expression enfantine adoucissait
l'égarement d'esprit que trahissaient le regard vague et les gestes précipités. Consuelo,

en se voyant seule avec un fou, dans un endroit où personne assurément ne fût venu
lui porter secours, eut véritablement peur,
malgré les révérences multipliées et les rires
affectueux que lui adressait cet insensé. Elle
crut devoir lui rendre ses saluts et ses signes
de tête, pour ne pas l'irriter; mais elle se hâta
de se lever et de s'éloigner, toute pâle et toute
tremblante.

Le fou ne la poursuivit point, et ne fit rien
pour la rappeler ; il grimpa seulement sur la
pierre d'épouvante pour la suivre des yeux,
et continua à la saluer de son bonnet en sau-
tillant et en agitant ses bras et ses jambes,
tout en articulant à plusieurs reprises un
mot bohême que Consuelo ne comprit pas.
Quand elle se vit à une certaine distance de
lui, elle reprit un peu de courage pour le regarder et l'écouter. Elle se reprochait déjà
d'avoir eu horreur de la présence d'un de ces

malheureux que, dans son cœur, elle plai-
gnait et vengeait des mépris et de l'abandon
des hommes un instant auparavant. C'est un
fou bienveillant, se dit-elle, c'est peut-être
un fou par amour. Il n'a trouvé de refuge
contre l'insensibilité et le dédain que sur cette
roche maudite où nul autre n'oserait habiter, et où les démons et les spectres sont plus
humains pour lui que ses semblables, puisqu'ils ne l'en chassent pas et ne troublent pas
l'enjouement de son humeur. Pauvre homme!
qui ris et folâtres comme un petit enfant,
avec une barbe grisonnante et un dos voûté!
Dieu, sans doute, te protège et te bénit dans
ton malheur, puisqu'il ne t'envoie que des
pensées riantes, et qu'il ne t'a point rendu
misanthrope et furieux comme tu aurais droit
de l'être !

Le fou, voyant qu'elle ralentissait sa marche, et paraissant comprendre son regard

bienveillant, se mit à lui parler bohême avec
une excessive volubilité ; et sa voix avait une
douceur extrême, un charme pénétrant qui
contrastait avec sa laideur. Consuelo, ne le
comprenant pas, songea qu'elle devait lui
donner l'aumône ; et, tirant une pièce de
monnaie de sa poche, elle la posa sur une
grosse pierre, après avoir élevé le bras pour
la lui montrer et lui désigner l'endroit où
elle la déposait. Mais le fou se mit à rire plus
fort en se frottant les mains et en lui disant en mauvais allemand : « Inutile, inutile ! Zdenko n'a besoin de rien, Zdenko est
heureux, bien heureux ! Zdenko a de la consolation, consolation, consolation ! » Puis,
comme s'il se fût rappelé un mot qu'il cherchait depuis longtemps, il s'écria avec un
éclat de joie, et intelligiblement, quoiqu'il
prononçât fort mal : « *Consuelo*, *Consuelo*,
*Consuelo de mi alma!* »

Consuelo s'arrêta stupéfaite, et lui adressant la parole en espagnol : — Pourquoi m'appelles-tu ainsi? lui cria-t-elle ; qui t'a appris ce nom? Comprends-tu la langue que je te parle?

A toutes ces questions, dont Consuelo attendit vainement la réponse, le fou ne fit que sautiller en se frottant les mains comme un homme enchanté de lui-même; et d'aussi loin qu'elle put saisir les sons de sa voix, elle lui entendit répéter son nom sur des inflexions différentes, avec des rires et des exclamations de joie, comme lorsqu'un oiseau parleur s'essaie à articuler un mot qu'on lui a appris, et qu'il entrecoupe du gazouillement de son chant naturel.

En reprenant le chemin du château, Consuelo se perdait dans ses réflexions. — Qui donc, se disait-elle, a trahi le secret de mon incognito, au point que le premier sauvage

que je rencontre dans ces solitudes me jette
mon vrai nom à la tête? Ce fou m'aurait-il
vue quelque part? Ces gens-là voyagent :
peut-être a-t-il été en même temps que moi
à Venise. Elle chercha en vain à se rappeler
la figure de tous les mendiants et de tous les
vagabonds qu'elle avait l'habitude de voir
sur les quais et sur la place Saint-Marc :
celle du fou de la pierre d'épouvante ne se
présenta point à sa mémoire.

Mais, comme elle repassait le pont-le-
vis, il lui vint à l'esprit un rapprochement
d'idées plus logique et plus intéressant. Elle
résolut d'éclaircir ses soupçons, et se félicita
secrètement de n'avoir pas tout à fait manqué son but dans l'expédition qu'elle venait
de tenter.

# 2

Lorsqu'elle se retrouva au milieu de la famille abattue et silencieuse, elle qui se sentait pleine d'animation et d'espérance, elle se reprocha la sévérité avec laquelle elle avait accusé secrètement l'apathie de ces gens profondément affligés. Le comte Christian et la

chanoinesse ne mangèrent presque rien à
déjeûner, et le chapelain n'osa pas satisfaire
son appétit; Amélie paraissait en proie à un
violent accès d'humeur. Lorsqu'on se leva
de table, le vieux comte s'arrêta un instant
devant la fenêtre, comme pour regarder le
chemin sablé de la garenne par où Albert
pouvait revenir, et il secoua tristement la
tête comme pour dire : Encore un jour qui
a mal commencé et qui finira de même!

Consuelo s'efforça de les distraire en leur
récitant avec ses doigts sur le clavier quel-
ques-unes des dernières compositions religieuses de Porpora, qu'ils écoutaient toujours avec une admiration et un intérêt par-
ticuliers. Elle souffrait de les voir si accablés
et de ne pouvoir leur dire qu'elle avait de
l'espérance. Mais quand elle vit le comte reprendre son livre, et la chanoinesse son ai-
guille, quand elle fut appelée auprès du mé-

tier de cette dernière pour décider si un certain ornement devait avoir au centre quelques points bleus ou blancs, elle ne put s'empêcher de reporter son intérêt dominant sur
Albert, qui expirait peut-être de fatigue et
d'inanition dans quelque coin de la forêt, sans
savoir retrouver sa route, ou qui reposait
peut-être sur quelque froide pierre, enchaîné
par la catalepsie foudroyante, exposé aux
loups et aux serpents, tandis que, sous la
main adroite et persévérante de la tendre
Wenceslawa, les fleurs les plus brillantes
semblaient éclore par milliers sur la trame,
arrosées parfois d'une larme furtive, mais
stérile.

Aussitôt qu'elle put engager la conversation avec la boudeuse Amélie, elle lui demanda ce que c'était qu'un fou fort mal fait
qui courait le pays singulièrement vêtu, en

riant comme un enfant aux personnes qu'il
rencontrait.

— Eh! c'est Zdenko! répondit Amélie;
vous ne l'aviez pas encore aperçu dans vos
promenades? On est sûr de le rencontrer
partout, car il n'habite nulle part.

— Je l'ai vu ce matin pour la première
fois, dit Consuelo, et j'ai cru qu'il était l'hôte
attitré du Schreckenstein.

— C'est donc là que vous avez été courir
dès l'aurore? Je commence à croire que vous
êtes un peu folle vous-même, ma chère Nina,
d'aller ainsi seule de grand matin dans ces
lieux déserts, où vous pourriez faire de plus
mauvaises rencontres que celle de l'inoffensif idiot Zdenko.

— Être abordée par quelque loup à jeun?
reprit Consuelo en souriant; la carabine du
baron votre père doit, ce me semble, couvrir
de sa protection tout le pays.

— Il ne s'agit pas seulement des bêtes sauvages, dit Amélie ; le pays n'est pas si sûr que vous croyez, par rapport aux animaux les plus méchants de la création, les brigands et les vagabonds. Les guerres qui viennent de finir ont ruiné assez de familles pour que beaucoup de mendiants se soient habitués à aller au loin demander l'aumône, le pistolet à la main. Il y a aussi des nuées de ces Zingari égyptiens, qu'en France on nous fait l'honneur d'appeler Bohémiens, comme s'ils étaient originaires de nos montagnes pour les avoir infestées au commencement de leur apparition en Europe. Ces gens-là, chassés et rebutés de partout, lâches et obséquieux devant un homme armé, pourraient bien être audacieux avec une belle fille comme vous ; et je crains que votre goût pour les courses aventureuses ne vous expose plus qu'il ne convient à une personne aussi raisonnable que ma chère Porporina affecte de l'être.

— Chère baronne, reprit Consuelo, quoique vous sembliez regarder la dent du loup comme un mince péril auprès de ceux qui m'attendent, je vous avouerai que je la craindrais beaucoup plus que celle des Zingari. Ce sont pour moi d'anciennes connaissances, et, en général, il m'est difficile d'avoir peur des êtres faibles, pauvres et persécutés. Il me semble que je saurai toujours dire à ces gens-là ce qui doit m'attirer leur confiance et leur sympathie ; car, si laids, si mal vêtus et si méprisés qu'ils soient, il m'est impossible de ne pas m'intéresser à eux particulièrement.

— Brava, ma chère ! s'écria Amélie avec une aigreur croissante. Vous voilà tout à fait arrivée aux beaux sentiments d'Albert pour les mendiants, les bandits et les aliénés ; et je ne serais pas surprise de vous voir un

de ces matins vous promener comme lui, appuyée sur le bras un peu malpropre et très
mal assuré de l'agréable Zdenko.

Ces paroles frappèrent Consuelo d'un trait
de lumière qu'elle cherchait depuis le commencement de l'entretien, et qui la consola
de l'amertume de sa compagne. — Le comte
Albert vit donc en bonne intelligence avec
Zdenko? demanda-t-elle avec un air de satisfaction qu'elle ne songea point à dissimuler.

— C'est son plus intime, son plus précieux
ami, répondit Amélie avec un sourire de dédain. C'est le compagnon de ses promenades, le confident de ses secrets, le messager,
dit-on, de sa correspondance avec le diable.
Zdenko et Albert sont les seuls qui osent aller
à toute heure s'entretenir des choses divines
les plus biscornues sur la pierre d'épouvante.
Albert et Zdenko sont les seuls qui ne rou-

gissent point de s'asseoir sur l'herbe avec les
Zingari qui font halte sous nos sapins, et de
partager avec eux la cuisine dégoûtante que
préparent ces gens-là dans leurs écuelles de
bois. Ils appellent cela communier, et on
peut dire que c'est communier sous toutes
les espèces possibles. Ah ! quel époux, quel
amant désirable que mon cousin Albert,
lorsqu'il saisira la main de sa fiancée dans
une main qui vient de presser celle d'un Zin-
garo pestiféré, et la porter à cette bouche
qui vient de boire le vin du calice dans la
même coupe que Zdenko !

— Tout ceci peut être fort plaisant, dit
Consuelo ; mais, quant à moi, je n'y comprends rien du tout.

— C'est que vous n'avez pas de goût pour
l'histoire, reprit Amélie, et que vous n'avez
pas bien écouté tout ce que je vous ai ra-
conté des Hussites et des Protestants, depuis

plusieurs jours que je m'égosille à vous expliquer scientifiquement les énigmes et les pratiques saugrenues de mon cousin. Ne vous ai-je pas dit que la grande querelle des Hussites avec l'Église romaine était venue à propos de la communion sous les deux espèces? Le concile de Bâle avait prononcé que c'était une profanation de donner aux laïques le sang du Christ sous l'espèce du vin, alléguant, voyez le beau raisonnement! que son corps et son sang étaient également contenus sous les deux espèces, et que qui mangeait l'un buvait l'autre. Comprenez-vous?

— Il me semble que les Pères du concile ne se comprenaient pas beaucoup eux-mêmes. Ils eussent dû dire, pour être dans la logique, que la communion du vin était inutile; mais profanatoire! pourquoi, si, en mangeant le pain, on boit aussi le sang?

— C'est que les Hussites avaient une ter-

rible soif de sang, et que les Pères du concile
les voyaient bien venir. Eux aussi avaient
soif du sang de ce peuple ; mais ils voulaient
le boire sous l'espèce de l'or. L'Église romaine a toujours été affamée et altérée de
ce suc de la vie des nations, du travail et de
la sueur des pauvres. Les pauvres se révoltè-
rent, et reprirent leur sueur et leur sang
dans les trésors des abbayes et sur la chape
des évêques. Voilà tout le fond de la querelle,
à laquelle vinrent se joindre, comme je vous
l'ai dit, le sentiment d'indépendance natio-
nale et la haine de l'étranger. La dispute de
la communion en fut le symbole. Rome et ses
prêtres officiaient dans des calices d'or et de
pierreries ; les Hussites affectaient d'officier
dans des vases de bois, pour fronder le luxe
de l'Église, et pour simuler la pauvreté des
apôtres. Voilà pourquoi Albert, qui s'est mis
dans la cervelle de se faire Hussite, après

que ces détails du passé ont perdu toute va-
leur et toute signification ; Albert, qui prétend connaître la vraie doctrine de Jean Huss
mieux que Jean Huss lui-même, invente
toutes sortes de communions, et s'en va com-
muniant sur les chemins avec les mendiants,
les païens, et les imbéciles. C'était la manie
des Hussites de communier partout, à toute
heure, et avec tout le monde.

— Tout ceci est fort bizarre, répondit Consuelo, et ne peut s'expliquer pour moi que
par un patriotisme exalté, porté jusqu'au délire, je le confesse, chez le comte Albert. La
pensée est peut-être profonde , mais les formes qu'il y donne me semblent bien puériles
pour un homme aussi sérieux et aussi savant.
La véritable communion ne serait-elle pas
plutôt l'aumône ? Que signifient de vaines cé-
rémonies passées de mode, et que ne com-

prennent certainement pas ceux qu'il y associe?

— Quant à l'aumône, Albert ne s'en fait pas faute; et si on le laissait aller, il serait bientôt débarrassé de cette richesse que, pour ma part, je voudrais bien lui voir fondre dans la main de ses mendiants.

— Et pourquoi cela?

— Parce que mon père ne conserverait pas la fatale idée de m'enrichir en me faisant épouser ce démoniaque. Car il faut que vous le sachiez, ma chère Porporina, ajouta Amélie avec une intention malicieuse, ma famille n'a point renoncé à cet agréable dessein. Ces jours derniers, lorsque la raison de mon cousin brilla comme un rayon fugitif du soleil entre les nuages, mon père revint à l'assaut avec plus de fermeté que je ne le croyais capable d'en montrer avec moi. Nous eûmes une querelle assez vive, dont le résultat paraît être qu'on essaiera de vaincre ma résistance par l'ennui de la séquestration, comme une citadelle qu'on veut prendre par la famine. Ainsi donc, si je faiblis, si je succombe, il faudra que j'épouse Albert malgré lui, malgré moi, et malgré une troisième personne qui fait semblant de ne pas s'en soucier le moins du monde.

— Nous y voilà! répondit Consuelo en riant : j'attendais cette épigramme, et vous ne m'avez accordé l'honneur de causer avec vous ce matin que pour y arriver. Je la reçois avec plaisir, parce que je vois dans cette petite comédie de jalousie un reste d'affection pour le comte Albert plus vive que vous ne voulez l'avouer.

— Nina! s'écria la jeune baronne avec énergie, si vous croyez voir cela, vous avez peu de pénétration, et si vous le voyez avec plaisir, vous avez peu d'affection pour moi.

Je suis violente, orgueilleuse peut-être, mais
non dissimulée. Je vous l'ai dit : la préférence qu'Albert vous accorde m'irrite contre
lui, non contre vous. Elle blesse mon amour-
propre, mais elle flatte mon espérance et
mon penchant. Elle me fait désirer qu'il fasse
pour vous quelque bonne folie qui me débar-
rasse de tout ménagement envers lui, en
justifiant cette aversion que j'ai longtemps
combattue, et qu'il m'inspire enfin sans mé-
lange de pitié ni d'amour.

— Dieu veuille, répondit Consuelo avec
douceur, que ceci soit le langage de la passion, et non celui de la vérité ! car ce serait
une vérité bien dure dans la bouche d'une
personne bien cruelle !

L'aigreur et l'emportement qu'Amélie
laissa percer dans cet entretien firent peu
d'impression sur l'âme généreuse de Consuelo. Elle ne songeait plus, quelques instants

après, qu'à son entreprise ; et ce rêve qu'elle
caressait, de ramener Albert à sa famille, je-
tait une sorte de joie naïve sur la monotonie
de ses occupations. Il lui fallait bien cela
pour échapper à l'ennui qui la menaçait, et
qui, étant la maladie la plus contraire et la
plus inconnue jusqu'alors à sa nature active
et laborieuse, lui fût devenu mortel. En effet,
lorsqu'elle avait donné à son élève indocile et
inattentive une longue et fastidieuse leçon,
il ne lui restait plus qu'à exercer sa voix et à
étudier ses vieux auteurs. Mais cette consolation, qui ne lui avait jamais manqué, lui
était opiniâtrement disputée. Amélie, avec
son oisiveté inquiète, venait à chaque instant
la troubler et l'interrompre par de puériles
questions ou des observations hors de propos.
Le reste de la famille était affreusement
morne. Déjà cinq mortels jours s'étaient
écoulés sans que le jeune comte reparût,

et chaque journée de cette absence ajoutait à l'abattement et à la consternation des
précédentes.

Dans l'après-midi, Consuelo, errant dans
les jardins avec Amélie, vit Zdenko sur le revers du fossé qui les séparait de la campagne.
Il paraissait occupé à parler tout seul, et, à
son ton, on eût dit qu'il se racontait une histoire. Consuelo arrêta sa compagne, et la
pria de lui traduire ce que disait l'étrange
personnage.

— Comment voulez-vous que je vous tra-
duise des rêveries sans suite et sans signification? dit Amélie en haussant les épaules.
Voici ce qu'il vient de marmotter, si vous tenez à le savoir :

« Il y avait une fois une grande montagne
toute blanche, toute blanche, et à côté une
grande montagne toute noire, toute noire, et à
côté une grande montagne toute rouge, toute

rouge... » Cela vous intéresse-t-il beaucoup ?

— Peut-être, si je pouvais savoir la suite. Oh! que ne donnerais-je pas pour comprendre le bohême! Je veux l'apprendre.

— Ce n'est pas tout à fait aussi facile que l'italien ou l'espagnol; mais vous êtes si studieuse, que vous en viendrez à bout si vous voulez : je vous l'enseignerai, si cela peut vous faire plaisir.

— Vous serez un ange. A condition, toutefois, que vous serez plus patiente comme maîtresse que vous ne l'êtes comme élève. Et maintenant que dit ce Zdenko?

— Maintenant ce sont ses montagnes qui parlent.

« Pourquoi, montagne rouge, toute rouge, as-tu écrasé la montagne toute noire? et toi, montagne blanche, toute blanche, pour-

quoi as-tu laissé écraser la montagne noire,
toute noire? »

Ici Zdenko se mit à chanter avec une voix
grêle et cassée, mais d'une justesse et d'une
douceur qui pénétrèrent Consuelo jusqu'au
fond de l'âme. Sa chanson disait :

« Montagnes noires et montagnes blanches, il vous faudra beaucoup d'eau de la
montagne rouge pour laver vos robes :

« Vos robes noires de crimes, et blanches
d'oisiveté, vos robes souillées de mensonges,
vos robes éclatantes d'orgueil.

« Les voilà toutes deux lavées, bien lavées, vos robes qui ne voulaient pas changer de couleur ; les voilà usées, bien usées,
vos robes qui ne voulaient pas traîner sur le
chemin.

« Voilà toutes les montagnes rouges, bien
rouges ! Il faudra toute l'eau du ciel, toute
l'eau du ciel, pour les laver. »

— Est-ce une improvisation ou une vieille chanson du pays? demanda Consuelo à sa compagne.

— Qui peut le savoir? répondit Amélie : Zdenko est un improvisateur inépuisable ou un rapsode bien savant. Nos paysans aiment passionnément à l'écouter, et le respectent comme un saint, tenant sa folie pour un don du ciel plus que pour une disgrace de la nature. Ils le nourrissent et le choient, et il ne tiendrait qu'à lui d'être l'homme le mieux logé et le mieux habillé du pays ; car chacun dispute le plaisir et l'avantage de l'avoir pour hôte. Il passe pour un porte-bonheur, pour un présage de fortune. Quand le temps menace, si Zdenko vient à passer, on dit : Ce ne sera rien ; la grêle ne tombera pas ici. Si la récolte est mauvaise, on prie Zdenko de chanter ; et comme il promet toujours des années d'abondance et de fertilité, on se

console du présent dans l'attente d'un meilleur avenir. Mais Zdenko ne veut demeurer
nulle part, sa nature vagabonde l'emporte
au fond des forêts. On ne sait point où il s'a-
brite la nuit, où il se réfugie contre le froid
et l'orage. Jamais, depuis dix ans, on ne l'a
vu entrer sous un autre toit que celui du
château des Géants, parce qu'il prétend que
ses aïeux sont dans toutes les maisons du
pays, et qu'il lui est défendu de se présenter
devant eux. Cependant il suit Albert jusque
dans sa chambre, parce qu'il est aussi dé-
voué et aussi soumis à Albert que son chien
Cynabre. Albert est le seul mortel qui enchaîne à son gré cette sauvage indépendance, et qui puisse d'un mot faire cesser son
intarissable gaîté, ses éternelles chansons,
et son babil infatigable. Zdenko a eu, dit-on,
une fort belle voix ; mais il l'a épuisée à parler, à chanter et à rire. Il n'est guère plus

âgé qu'Albert, quoiqu'il ait l'apparence d'un homme de cinquante ans. Ils ont été compagnons d'enfance. Dans ce temps-là, Zdenko n'était qu'à demi fou. Descendant d'une ancienne famille, (un de ses ancêtres figure avec quelque éclat dans la guerre des Hussites), il montrait assez de mémoire et d'aptitude pour que ses parents, voyant la faiblesse de son organisation physique, l'eussent destiné au cloître. On l'a vu longtemps en habit de novice d'un ordre Mendiant : mais on ne put jamais l'astreindre au joug de la règle; et quand on l'envoyait en tournée avec un des frères de son couvent, et un âne chargé des dons des fidèles, il laissait là la besace, l'âne et le frère, et s'en allait prendre de longues vacances au fond des bois. Lorsqu'Albert entreprit ses voyages, Zdenko tomba dans un noir chagrin, jeta le froc aux orties, et se fit tout à fait vagabond. Sa mé-

lancolie se dissipa peu à peu ; mais l'espèce
de raison qui avait toujours brillé au milieu
de la bizarrerie de son caractère s'éclipsa
tout à fait. Il ne dit plus que des choses in-
cohérentes, manifesta toutes sortes de ma-
nies incompréhensibles, et devint réellement
insensé. Mais comme il resta toujours sobre,
chaste et inoffensif, on peut dire qu'il est
idiot plus que fou. Nos paysans l'appellent
l'*innocent*, et rien de plus.

— Tout ce que vous m'apprenez de ce
pauvre homme me le rend sympathique, dit
Consuelo ; je voudrais bien lui parler. Il sait
un peu l'allemand ?

— Il le comprend, et il peut le parler tant
bien que mal. Mais, comme tous les paysans
bohêmes, il a horreur de cette langue ; et
plongé d'ailleurs dans ses rêveries comme le
voilà, il est fort douteux qu'il vous réponde
si vous l'interrogez.

— Essayez donc de lui parler dans sa langue, et d'attirer son attention sur nous, dit Consuelo.

Amélie appela Zdenko à plusieurs reprises, lui demandant en bohémien s'il se portait bien, et s'il désirait quelque chose ; mais elle ne put jamais lui faire relever sa tête penchée vers la terre, ni interrompre un petit jeu qu'il faisait avec trois cailloux, un blanc, un rouge, et un noir, qu'il poussait l'un contre l'autre en riant, et en se réjouissant beaucoup chaque fois qu'il les faisait tomber.

— Vous voyez que c'est inutile, dit Amélie. Quand il n'a pas faim, ou qu'il ne cherche pas Albert, il ne nous parle jamais. Dans l'un ou l'autre cas, il vient à la porte du château, et s'il n'a que faim, il reste sur la porte. On lui donne ce qu'il désire, il remercie, et s'en va. S'il veut voir Albert, il entre, et va frapper à la porte de sa chambre, qui n'est ja-

mais fermée pour lui, et où il reste des heures
entières, silencieux et tranquille comme un
enfant craintif si Albert travaille, expansif et
enjoué si Albert est disposé à l'écouter, jamais
importun, à ce qu'il semble, à mon aimable
cousin, et plus heureux en ceci qu'aucun
membre de sa famille.

— Et lorsque le comte Albert devient invisible comme dans ce moment-ci, par
exemple, Zdenko, qui l'aimait si ardemment,
Zdenko, qui perdit sa gaîté lorsque le comte
entreprit ses voyages, Zdenko, son compagnon insépable, reste donc tranquille? Il ne
montre point d'inquiétude?

— Aucune. Il dit qu'Albert est allé voir le
grand Dieu et qu'il reviendra bientôt. C'est
ce qu'il disait lorsqu'Albert parcourait l'Europe, et que Zdenko en avait pris son
parti.

— Et vous ne soupçonnez pas, chère Amé-

lie, que Zdenko puisse être mieux fondé que
vous tous à goûter cette sécurité? Vous ne
vous êtes jamais avisés de penser qu'il était
dans le secret d'Albert, et qu'il veillait sur
lui dans son délire ou dans sa léthargie?

—Nous y avons bien songé, et on a observé
longtemps ses démarches; mais, comme son
patron Albert déteste la surveillance; et,
plus fin qu'un renard dépisté par les chiens,
il a trompé tous les efforts, déjoué toutes les
ruses, et dérouté toutes les observations. Il
semble aussi qu'il ait, comme Albert, le don
de se rendre invisible quand il lui plaît. Il a
quelquefois disparu instantanément aux regards fixés sur lui, comme s'il eût fendu
la terre pour s'y engloutir, ou comme si
un nuage l'eût enveloppé de ses voiles im-
pénétrables. Voilà du moins ce qu'affirment
nos gens et ma tante Wenceslawa elle-
même, qui n'a pas, malgré toute sa piété, la

tête beaucoup plus forte à l'endroit du pouvoir satanique.

— Mais vous, chère baronne, vous ne pouvez pas croire à ces absurdités?

— Moi, je me range à l'avis de mon oncle Christian. Il pense que si Albert n'a, dans ses détresses mystérieuses, que le secours et l'appui de cet insensé, il est fort dangereux de les lui ôter, et qu'on risque, en observant et en contrariant les démarches de Zdenko, de priver Albert, durant des heures et des jours entiers, des soins et même des aliments qu'il peut recevoir de lui. Mais, de grâce, passons outre, ma chère Nina ; en voilà bien assez sur ce chapitre, et cet idiot ne me cause pas le même intérêt qu'à vous. Je suis fort rebattue de ses romans et de ses chansons, et sa voix cassée me donne mal à la gorge.

— Je suis étonnée, dit Consuelo en se laissant entraîner par sa compagne, que cette voix n'ait pas pour vos oreilles un charme extraordinaire. Tout éteinte qu'elle est, elle me fait plus d'impression que celle des plus grands chanteurs.

— C'est que vous êtes blasée sur les belles choses, et que la nouveauté vous amuse.

— Cette langue qu'il chante est d'une singulière douceur, reprit Consuelo, et la monotonie de ses mélodies n'est pas ce que vous croyez : ce sont, au contraire, des idées bien suaves et bien originales.

— Pas pour moi, qui en suis obsédée, repartit Amélie; j'ai pris dans les commencements quelque intérêt aux paroles, pensant avec les gens du pays que c'étaient d'anciens chants nationaux fort curieux sous le rapport historique; mais comme il ne les dit jamais deux fois de la même manière, je suis persuadée que ce sont des improvisations, et je

me suis bien vite convaincue que cela ne valait pas la peine d'être écouté, bien que nos
montagnards s'imaginent y trouver à leur
gré un sens symbolique.

Dès que Consuelo put se débarrasser d'A-
mélie, elle courut au jardin, et retrouva
Zdenko à la même place, sur le revers du
fossé, absorbé dans le même jeu. Certaine
que ce malheureux avait des relations ca-
chées avec Albert, elle était entrée furtive-
ment dans l'office, et y avait dérobé un gâteau de miel et de fleur de farine, pétri avec
soin des propres mains de la chanoinesse.
Elle se souvenait d'avoir vu Albert, qui mangeait fort peu, montrer machinalement de
la préférence pour ce mets que sa tante con-
fectionnait toujours pour lui avec le plus
grand soin. Elle l'enveloppa dans un mouchoir blanc, et, voulant le jeter à Zdenko
par dessus le fossé, elle se hasarda à l'appe-

ler. Mais comme il ne paraissait pas vouloir l'écouter, elle se souvint de la vivacité avec laquelle il lui avait dit son nom, et elle le prononça d'abord en allemand. Zdenko sembla l'entendre; mais il était mélancolique dans ce moment-là, et, sans la regarder, il répéta en allemand, en secouant la tête et en soupirant : Consolation! consolation! comme s'il eût voulu dire : Je n'espère plus de consolation.

— Consuelo! dit alors la jeune fille pour voir si son nom espagnol réveillerait la joie qu'il avait montrée le matin en le prononçant.

Aussitôt Zdenko abandonna ses cailloux, et se mit à sauter et à gambader sur le bord du fossé, en faisant voler son bonnet par dessus sa tête, et en étendant les bras vers elle, avec des paroles bohèmes très animées;

et un visage rayonnant de plaisir et d'affection.

— Albert ! lui cria de nouveau Consuelo en lui jetant le gâteau.

Zdenko le ramassa en riant, et ne déploya pas le mouchoir ; mais il disait beaucoup de choses que Consuelo était désespérée de ne pas comprendre. Elle écouta particulièrement et s'attacha à retenir une phrase qu'il répéta plusieurs fois en la saluant ; son oreille musicale l'aida à en saisir la prononciation exacte ; et dès qu'elle eut perdu Zdenko, qui s'enfuyait à toutes jambes, elle l'écrivit sur son carnet, en l'orthographiant à la vénitienne, et se réservant d'en demander le sens à Amélie. Mais, avant de quitter Zdenko, elle voulut lui donner encore quelque chose qui témoignât à Albert l'intérêt qu'elle lui portait, d'une manière plus délicate ; et, ayant rappelé le fou, qui revint, docile à sa voix, elle lui jeta un bouquet de fleurs qu'elle avait cueilli dans la serre une heure auparavant, et qui était encore frais et parfumé à sa ceinture. Zdenko le ramassa, répéta son salut, renouvela ses exclamations et ses gambades, et, s'enfonçant dans des buissons épais où un lièvre eût seul semblé pouvoir se frayer un passage, il y disparut tout entier. Consuelo suivit des yeux sa course rapide pendant quelques instants, en voyant le haut des branches s'agiter dans la direction du sud-est. Mais un léger vent qui s'éleva rendit cette observation inutile, en agitant toutes les branches du taillis; et Consuelo rentra, plus que jamais attachée à la poursuite de son dessein.

# 3

Lorsque Amélie fut appelée à traduire la phrase que Consuelo avait écrite sur son carnet et gravée dans sa mémoire, elle dit qu'elle ne la comprenait pas du tout, quoiqu'elle pût la traduire littéralement par ces mots :

*Que celui à qui on a fait tort te salue.*

Peut-être, ajouta-t-elle, veut-il parler
d'Albert, ou de lui-même, en disant qu'on
leur a fait tort en les taxant de folie, eux qui
se croient les seuls hommes raisonnables
qu'il y ait sur la terre. Mais à quoi bon chercher le sens des discours d'un insensé? Ce
Zdenko occupe beaucoup plus votre imagination qu'il ne mérite.

— C'est la croyance du peuple dans tous
les pays, répondit Consuelo, d'attribuer aux
fous une sorte de lumière supérieure à celle
que perçoivent les esprits positifs et froids.
J'ai le droit de conserver les préjugés de ma
classe, et je ne puis jamais croire qu'un fou
parle au hasard en disant des paroles qui
nous paraissent inintelligibles.

— Voyons, dit Amélie, si le chapelain, qui
est très versé dans toutes les formules an-

ciennes et nouvelles dont se servent nos paysans, connaîtra celle-ci. — Et, courant vers
le bonhomme, elle lui demanda l'explication
de la phrase de Zdenko.

Mais ces paroles obscures parurent frapper le chapelain d'une affreuse lumière. —
Dieu vivant! s'écria-t-il en pâlissant, où
donc Votre Seigneurie a-t-elle entendu un
semblable blasphème?

— Si c'en est un, je ne le devine pas, répondit Amélie en riant, et c'est pour cela que
j'en attends de vous la traduction.

— Mot à mot, c'est bien, en bon allemand,
ce que vous venez de dire, Madame, c'est
bien « *Que celui à qui on a fait tort te salue;* »
mais si vous voulez en savoir le sens (et j'ose
à peine le prononcer), c'est dans le pensée de
l'idolâtre qui le prononce : « *Que le diable soit
avec toi !* »

— En d'autres termes, reprit Amélie en

riant plus fort : « *Va au diable!* » Eh bien!
c'est un joli compliment, et voilà ce qu'on
gagne, ma chère Nina, à causer avec les
fous. Vous ne pensiez pas que Zdenko, avec
un sourire si affable et des grimaces si enjouées, vous adressait un souhait aussi peu
galant.

—Zdenko? s'écria le chapelain. Ah! c'est
ce malheureux idiot qui se sert de pareilles
formules? A la bonne heure! je tremblais
que ce ne fût quelque autre..... et j'avais
tort; cela ne pouvait sortir que de cette tête
farcie des abominations de l'antique hérésie! Où prend-il ces choses à peu près inconnues et oubliées aujourd'hui? L'esprit du mal
peut seul les lui suggérer.

— Mais c'est tout simplement un fort vi-
lain jurement dont le peuple se sert dans
toutes les langues, repartit Amélie; et les

catholiques ne s'en font pas plus faute que
les autres.

— Ne croyez pas cela, baronne, dit le
chapelain. Ce n'est pas une malédiction dans
l'esprit égaré de celui qui s'en sert, c'est un
hommage et une bénédiction, au contraire ;
et là est le crime. Cette abomination vient
des Lollards, secte détestable qui engendra
celle des Vaudois, laquelle engendra celle
des Hussites.....

— Laquelle en engendra bien d'autres !
dit Amélie en prenant un air grave pour se
moquer du bon prêtre. Mais, voyons, monsieur le chapelain, expliquez-nous donc comment ce peut être un compliment que de re-
commander son prochain au diable ?

— C'est que, dans la croyance des Lollards, Satan n'était pas l'ennemi du genre
humain, mais au contraire son protecteur et
son patron. Ils le disaient victime de l'injus-

lice et de la jalousie. Selon eux, l'archange
Michel et les autres puissances célestes qui
l'avaient précipité dans l'abîme étaient de
véritables démons, tandis que Lucifer, Bel-
zébuth, Astaroth, Astarté, et tous les monstres de l'enfer étaient l'innocence et la lumière même. Ils croyaient que le règne de
Michel et de sa glorieuse milice finirait bientôt, et que le diable serait réhabilité et réin-
tégré dans le ciel avec sa phalange maudite.
Enfin ils lui rendaient un culte impie, et s'a-
bordaient les uns les autres en se disant : Que
celui à *qui on a fait tort*, c'est-à-dire celui
qu'on a méconnu et condamné injustement,
*te salue*, c'est-à-dire, te protège et t'assiste.

— Eh bien, dit Amélie en riant aux éclats,
voilà ma chère Nina sous des auspices bien
favorables, et je ne serais pas étonnée qu'il
fallût bientôt en venir avec elle à des exor-

cismes pour détruire l'effet des incantations
de Zdenko.

Consuelo fut un peu émue de cette plaisanterie. Elle n'était pas bien sûre que le diable fût une chimère, et l'enfer une fable poétique. Elle eût été portée à prendre au sérieux l'indignation et la frayeur du chapelain, si celui-ci, scandalisé des rires d'Amélie, n'eût été, en ce moment, parfaitement
ridicule. Interdite, troublée dans toutes les
croyances de son enfance par cette lutte où
elle se voyait lancée, entre la superstition
des uns et l'incrédulité des autres, Consuelo
eut, ce soir-là, beaucoup de peine à dire ses
prières. Elle cherchait le sens de toutes ces
formules de dévotion qu'elle avait acceptées
jusque là sans examen, et qui ne satisfai-
saient plus son esprit alarmé. A ce que j'ai
pu voir, pensait-elle, il y a deux sortes de dé-
votions à Venise. Celle des moines, des non-

nes, et du peuple, qui va trop loin peut-être;
car elle accepte, avec les mystères de la religion, toutes sortes de superstitions accessoi-
res, l'*Orco* (le diable des lagunes), les sor-
cières de Malamocco, les chercheuses d'or,
l'horoscope, et les vœux aux saints pour la
réussite des desseins les moins pieux et parfois les moins honnêtes : celle du haut clergé
et du beau monde, qui n'est qu'un simula-
cre; car ces gens-là vont à l'église comme
au théâtre, pour entendre la musique et se
montrer; ils rient de tout, et n'examinent
rien dans la religion, pensant que rien n'y est
sérieux, que rien n'y oblige la conscience, et
que tout est affaire de forme et d'usage. Anzoleto n'était pas religieux le moins du
monde; c'était un de mes chagrins, et j'a-
vais raison d'être effrayée de son incrédulité.
Mon maître Porpora... que croyait-il? je
l'ignore. Il ne s'expliquait point là-dessus, et

cependant il m'a parlé de Dieu et des choses divines dans le moment le plus doulou-
reux et le plus solennel de ma vie. Mais quoique ses paroles m'aient beaucoup frappée,
elles n'ont laissé en moi que de la terreur et
de l'incertitude. Il semblait qu'il crût à un
Dieu jaloux et absolu, qui n'envoyait le génie et l'inspiration qu'aux êtres isolés par
leur orgueil des peines et des joies de leurs
semblables. Mon cœur désavoue cette religion sauvage, et ne peut aimer un Dieu qui
me défend d'aimer. Quel est donc le vrai
Dieu? Qui me l'enseignera? Ma pauvre mère
était croyante; mais de combien d'idolâtries
puériles son culte était mêlé! Que croire et
que penser? Dirai-je, comme l'insouciante
Amélie, que la raison est le seul Dieu? Mais
elle ne connaît même pas ce Dieu-là, et ne
peut me l'enseigner; car il n'est pas de personne moins raisonnable qu'elle. Peut-on

vivre sans religion? Alors pourquoi vivre?
En vue de quoi travaillerais-je? en vue de
quoi aurais-je de la pitié, du courage, de la
générosité, de la conscience et de la droi-
ture, moi qui suis seule dans l'univers, s'il
n'est point dans l'univers un Être suprême,
intelligent et plein d'amour, qui me juge,
qui m'approuve, qui m'aide, me préserve et
me bénisse? Quelles forces, quels enivre-
ments puisent-ils dans la vie, ceux qui peuvent se passer d'un espoir et d'un amour au
dessus de toutes les illusions et de toutes les
vicissitudes humaines?

Maître suprême! s'écria-t-elle dans son
cœur, oubliant les formules de sa prière accoutumée, enseigne-moi ce que je dois faire.
Amour suprême! enseigne-moi ce que je
dois aimer. Science suprême! enseigne-moi
ce que je dois croire.

En priant et en méditant de la sorte, elle

oublia l'heure qui s'écoulait, et il était plus de minuit lorsqu'avant de se mettre au lit, elle jeta un coup d'œil sur la campagne éclairée par la lune. La vue qu'on découvrait de sa fenêtre était peu étendue, à cause des montagnes environnantes, mais extrêmement pittoresque. Un torrent coulait au fond d'une vallée étroite et sinueuse, doucement ondulée en prairies sur la base des collines inégales qui fermaient l'horizon, s'entr'ouvrant çà et là pour laisser apercevoir derrière elles d'autres gorges et d'autres montagnes plus escarpées et toutes couvertes de noirs sapins. La clarté de la lune à son déclin se glissait derrière les principaux plans de ce paysage triste et vigoureux, où tout était sombre, la verdure vivace, l'eau encaissée, les roches couvertes de mousse et de lierre.

Tandis que Consuelo comparait ce pays à

tous ceux qu'elle avait parcourus dans son
enfance, elle fut frappée d'une idée qui ne
lui était pas encore venue ; c'est que cette
nature qu'elle avait sous les yeux n'avait pas
un aspect nouveau pour elle, soit qu'elle eût
traversé autrefois cette partie de la Bohême,
soit qu'elle eût vu ailleurs des lieux très ana-
logues. Nous avons tant voyagé, ma mère et
moi, se disait-elle, qu'il n'y aurait rien d'é-
tonnant à ce que je fusse déjà venue de ce
côté-ci. J'ai un souvenir distinct de Dresde et
de Vienne. Nous avons bien pu traverser la
Bohême pour aller d'une de ces capitales à
l'autre. Il serait étrange cependant que nous
eussions reçu l'hospitalité dans quelque
grange du château où me voici logée comme
une demoiselle d'importance ; ou bien que
nous eussions gagné, en chantant, un morceau de pain à la porte de quelqu'une de ces
cabanes où Zdenko tend la main et chante

ses vieilles chansons ; Zdenko, l'artiste vagabond, qui est mon égal et mon confrère, bien
qu'il n'y paraisse plus !

En ce moment, ses regards se portèrent
sur le Schreckenstein, dont on apercevait le
sommet au dessus d'une éminence plus rapprochée, et il lui sembla que cette place sinistre était couronnée d'une lueur rougeâtre
qui teignait faiblement l'azur transparent du
ciel. Elle y porta toute son attention, et vit
cette clarté indécise augmenter, s'éteindre
et reparaître, jusqu'à ce qu'enfin elle devint
si nette et si intense, qu'elle ne put l'attribuer à une illusion de ses sens. Que ce fût la
retraite passagère d'une bande de Zingari,
ou le repaire de quelque brigand, il n'en
était pas moins certain que le Schreckenstein était occupé en ce moment par des êtres
vivants ; et Consuelo, après sa prière naïve
et fervente au Dieu de vérité, n'était plus

disposée du tout à croire à l'existence des êtres fantastiques et malfaisants dont la chronique populaire peuplait la montagne. Mais n'était-ce pas plutôt Zdenko qui allumait ce feu, pour se soustraire au froid de la nuit? Et si c'était Zdenko, n'était-ce pas pour réchauffer Albert que les branches desséchées de la forêt brûlaient en ce moment? On avait vu souvent cette lueur sur le Schreckenstein ; on en parlait avec effroi, on l'attribuait à quelque fait surnaturel. On avait dit mille fois qu'elle émanait du tronc enchanté du vieux chêne de Zyska. Mais le *Hussite* n'existait plus; du moins il gisait au fond du ravin, et la clarté rouge brillait encore à la cime du mont. Comment ce phare mystérieux n'appelait-il pas les recherches vers cette retraite présumée d'Albert?

O apathie des âmes dévotes! pensa Consuelo; t u un bienfait de la Providence,

ou une infirmité des natures incomplètes ?
Elle se demanda en même temps si elle aurait le courage d'aller seule, à cette heure,
au Schreckenstein, et elle se répondit que,
guidée par la charité, elle l'aurait certainement. Mais elle pouvait se flatter un peu
gratuitement à cet égard; car la clôture sévère du château ne lui laissait aucune chance
d'exécuter ce dessein.

Dès le matin, elle s'éveilla pleine de zèle,
et courut au Schreckenstein. Tout y était
silencieux et désert. L'herbe ne paraissait
pas foulée autour de la pierre d'Épouvante.
Il n'y avait aucune trace de feu, aucun ves-
tige de la présence des hôtes de la nuit. Elle
parcourut la montagne dans tous les sens, et
n'y trouva aucun indice. Elle appela Zdenko
de tous côtés : elle essaya de siffler pour voir
si elle éveillerait les aboiements de Cynabre;
elle se nomma à plusieurs reprises; elle pro-

nonça le nom de Consolation dans toutes les
langues qu'elle savait : elle chanta quelques
phrases de son cantique espagnol, et même
de l'air bohémien de Zdenko, qu'elle avait
parfaitement retenu. Rien ne lui répondit.
Le craquement des lichens desséchés sous ses
pieds, et le murmure des eaux mystérieuses
qui couraient sous les rochers, furent les
seuls bruits qui lui répondirent.

Fatiguée de cette inutile exploration, elle
allait se retirer après avoir pris un instant de
repos sur la pierre, lorsqu'elle vit à ses pieds
une feuille de rose froissée et flétrie. Elle la
ramassa, la déplia, et s'assura bien que ce
ne pouvait être qu'une feuille du bouquet
qu'elle avait jeté à Zdenko ; car la montagne
ne produisait pas de roses sauvages, et d'ailleurs ce n'était pas la saison. Il n'y en avait
encore que dans la serre du château. Ce
faible indice la consola de l'apparente inuti-

lité de sa promenade, et la laissa de plus en
plus persuadée que c'était au Schreckenstein
qu'il fallait espérer de découvrir Albert.

Mais dans quel antre de cette montagne
impénétrable était-il donc caché ? il n'y était
donc pas à toute heure, ou bien il était
plongé, en ce moment, dans un accès d'insensibilité cataleptique ; ou bien encore Consuelo s'était trompée en attribuant à sa voix
quelque pouvoir sur lui, et l'exaltation qu'il
lui avait montrée n'était qu'un accès de folie
qui n'avait laissé aucune trace dans sa mémoire. Il la voyait, il l'entendait peut-être
maintenant, et il se riait de ses efforts, et il
méprisait ses inutiles avances.

A cette dernière pensée, Consuelo sentit
une rougeur brûlante monter à ses joues,
et elle quitta précipitamment le Schreckenstein en se promettant presque de n'y plus

revenir. Cependant elle y laissa un petit panier de fruits qu'elle avait apporté.

Mais le lendemain, elle trouva le panier à
la même place ; on n'y avait pas touché. Les
feuilles qui recouvraient les fruits n'avaient
pas même été dérangées par un mouvement
de curiosité. Son offrande avait été dédai-
gnée, ou bien ni Albert ni Zdenko n'étaient ve-
nus par là ; et pourtant la lueur rouge
d'un feu de sapin avait brillé encore durant
cette nuit sur le sommet de la montagne.

Consuelo avait veillé jusqu'au jour pour
observer cette particularité. Elle avait vu
plusieurs fois la clarté décroître et se ranimer, comme si une main vigilante l'eût en-
tretenue. Personne n'avait vu de Zingari
dans les environs. Aucun étranger n'avait
été signalé sur les sentiers de la forêt ; et
tous les paysans que Consuelo interrogeait
sur le phénomène lumineux de la pierre

d'Épouvante, lui répondaient en mauvais allemand, qu'il ne faisait pas bon d'approfon-
dir ces choses-là, et qu'il ne fallait pas se
mêler des affaires de l'autre monde.

Cependant, il y avait déjà neuf jours qu'Albert avait disparu. C'était la plus longue
absence de ce genre qu'il eût encore faite, et
cette prolongation, jointe aux sinistres pré-
sages qui avaient annoncé l'avénement de sa
trentième année, n'était pas propre à ranimer les espérances de la famille. On commençait enfin à s'agiter; le comte Christian
soupirait à toute heure d'une façon lamenta-
ble; le baron allait à la chasse sans songer à
rien tuer; le chapelain faisait des prières ex-
traordinaires; Amélie n'osait plus rire ni
causer, et la chanoinesse, pâle et affaiblie,
distraite des soins domestiques, et oublieuse
de son ouvrage en tapisserie, égrenait son
chapelet du matin au soir, entretenait de

petites bougies devant l'image de la Vierge,
et semblait plus voûtée d'un pied qu'à son
ordinaire.

Consuelo se hasarda à proposer une grande
et scrupuleuse exploration du Schreckenstein,
avoua les recherches qu'elle y avait faites,
et confia en particulier à la chanoinesse
la circonstance de la feuille de rose, et
le soin qu'elle avait mis à examiner toute
la nuit le sommet lumineux de la montagne.
Mais les dispositions que voulait prendre
Wenceslawa pour cette exploration, firent
bientôt repentir Consuelo de son épanchement. La chanoinesse voulait qu'on s'assurât
de la personne de Zdenko, qu'on l'effrayât
par des menaces, qu'on fît armer cinquante
hommes de torches et de fusils, enfin, que le
chapelain prononçât sur la pierre fatale ses
plus terribles exorcismes, tandis que le baron,
suivi de Hanz et de ses plus courageux aco-

lytes, ferait en règle, au milieu de la nuit, le
siége du Schreckenstein. C'était le vrai
moyen de porter Albert à la folie la plus extrême, et peut-être à la fureur, que de lui
procurer une surprise de ce genre ; et Consuelo obtint, à force de représentations et de
prières, que Wenceslawa n'agirait point et
n'entreprendrait rien sans son avis. Or, voici
quel parti elle lui proposa en définitive :
ce fut de sortir du château la nuit suivante, et d'aller seule avec la chanoinesse, en
se faisant suivre à distance de Hanz et du
chapelain seulement, examiner de près le feu
du Schreckenstein. Mais cette résolution se
trouva au dessus des forces de la chanoinesse. Elle était persuadée que le Sabbat of-
ficiait sur la pierre d'Épouvante, et tout ce
que Consuelo put obtenir fut qu'on lui ouvri-
rait les portes à minuit et que le baron et
quelques autres personnes de bonne volonté

la suivraient sans armes et dans le plus grand
silence. Il fut convenu qu'on cacherait cette
tentative au comte Christian, dont le grand
âge et la santé affaiblie ne pourraient se prêter à une pareille course durant la nuit froide
et malsaine, et qui cependant voudrait s'y
associer s'il en avait connaissance.

Tout fut exécuté ainsi que Consuelo l'avait
désiré. Le baron, le chapelain et Hanz l'ac-
compagnèrent. Elle s'avança seule, à cent
pas de son escorte, et monta sur le Schreckenstein avec un courage digne de Brada-
mante. Mais à mesure qu'elle approchait, la
lueur qui lui paraissait sortir en rayonnant
des fissures de la roche culminante s'éteignit
peu à peu, et lorsqu'elle y fut arrivée, une
profonde obscurité enveloppait la montagne
du sommet à la base. Un profond silence et
l'horreur de la solitude régnaient partout.
Elle appela Zdenko, Cynabre, et même Al-

bert, quoiqu'en tremblant. Tout fut muet, et l'écho seul lui renvoya le son de sa voix mal assurée.

Elle revint découragée vers ses guides. Ils vantèrent beaucoup son courage, et osèrent, après elle, explorer encore les lieux qu'elle venait de quitter, mais sans succès ; et tous rentrèrent en silence au château, où la cha-noinesse, qui les attendait sur le seuil, vit, à leur récit, évanouir sa dernière espérance.

# 4

Consuelo, après avoir reçu les remercî-
ments et le baiser que la bonne Wenceslawa,
toute triste, lui donna au front, reprit le chemin de sa chambre avec précaution, pour ne
point réveiller Amélie, à qui on avait caché
l'entreprise. Elle demeurait au premier étage,

tandis que la chambre de la chanoinesse était
au rez-de-chaussée. Mais en montant l'escalier, elle laissa tomber son flambeau, qui
s'éteignit avant qu'elle eût pu le ramasser.
Elle pensa pouvoir s'en passer pour retrouver
son chemin, d'autant plus que le jour commençait à poindre ; mais, soit que son esprit
fût préoccupé étrangement, soit que son courage, après un effort au dessus de son sexe,
vînt à l'abandonner tout à coup, elle se trou-
bla au point que, parvenue à l'étage qu'elle
habitait, elle ne s'y arrêta pas, continua de
monter jusqu'à l'étage supérieur, et entra
dans le corridor qui conduisait à la chambre
d'Albert, située presque au dessus de la
sienne ; mais elle s'arrêta glacée d'effroi à
l'entrée de cette galerie, en voyant une ombre grêle et noire se dessiner devant elle,
glisser comme si ses pieds n'eussent pas touché le carreau, et entrer dans cette chambre

vers laquelle Consuelo se dirigeait, pensant que c'était la sienne. Elle eut, au milieu de sa frayeur, assez de présence d'esprit pour examiner cette figure, et pour voir rapidement dans le vague du crépuscule qu'elle avait la forme et l'accoutrement de Zdenko. Mais qu'allait-il faire dans la chambre de Consuelo à une pareille heure, et de quel message était-il chargé pour elle? Elle ne se sentit point disposée à affronter ce tête-à-tête, et redescendit pour chercher la chanoinesse. Ce fut après avoir descendu un étage qu'elle reconnut son corridor, la porte de sa chambre, et s'aperçut que c'était dans celle d'Albert qu'elle venait de voir entrer Zdenko.

Alors mille conjectures se présentèrent à son esprit redevenu calme et attentif. Comment l'idiot pouvait-il pénétrer la nuit dans ce château si bien fermé, si bien examiné

chaque soir par la chanoinesse et les domestiques? Cette apparition de Zdenko la con-
firmait dans l'idée qu'elle avait toujours eue
que le château avait une secrète issue et
peut-être une communication souterraine
avec le Schreckenstein. Elle courut frapper
à la porte de la chanoinesse, qui déjà s'était
barricadée dans son austère cellule, et qui
fit un grand cri en la voyant paraître sans lumière et un peu pâle. — Tranquillisez-vous,
chère Madame, lui dit la jeune fille ; c'est un
nouvel évènement assez bizarre, mais qui
n'a rien d'effrayant : je viens de voir Zdenko
entrer dans la chambre du comte Albert.

— Zdenko! mais vous rêvez, ma chère enfant; par où serait-il entré? J'ai fermé toutes les portes avec le même soin qu'à l'ordinaire, et pendant tout le temps de votre
course au Schreckenstein, je n'ai pas cessé
de faire bonne garde; le pont a été levé, et

quand vous l'avez passé pour rentrer, je suis
restée la dernière pour le faire relever.

— Quoi qu'il en soit, Madame, Zdenko est
dans la chambre du comte Albert. Il ne tient
qu'à vous de venir vous en convaincre.

— J'y vais sur-le-champ, répondit la chanoinesse, et l'en chasser comme il le mérite.
Il faut que ce misérable y soit entré pendant
le jour. Mais quels desseins l'amènent ici?
Sans doute il cherche Albert, ou il vient l'attendre; preuve, ma pauvre enfant, qu'il ne
sait pas plus que nous où il est !

— Eh bien, allons toujours l'interroger,
dit Consuelo.

— Un instant, un instant! dit la chanoinesse qui, au moment de se mettre au lit,
avait ôté deux de ses jupes, et qui se croyait
trop légèrement vêtue, n'en ayant plus que
trois; je ne puis pas me présenter ainsi devant un homme, ma chère. Allez chercher le..

chapelain ou mon frère le baron, le premier
que vous rencontrerez... Nous ne pouvons
nous exposer seules vis-à-vis de cet homme
en démence... Mais j'y songe! une jeune personne comme vous ne peut aller frapper à la
porte de ces messieurs... Allons, allons, je
me dépêche; dans un petit instant je serai
prête.

Et elle se mit à refaire sa toilette avec d'autant plus de lenteur qu'elle voulait se dépê-
cher davantage, et que, dérangée dans ses
habitudes régulières comme elle ne l'avait
pas été depuis longtemps, elle avait tout à
fait perdu la tête. Consuelo, impatiente d'un
retard pendant lequel Zdenko pouvait sortir
de la chambre d'Albert et se cacher dans le
château sans qu'il fût possible de l'y découvrir, retrouva toute son énergie. — Chère
Madame, dit-elle en allumant un flambeau,
occupez-vous d'appeler ces messieurs; moi,

je vais voir si Zdenko ne nous échappe
pas.

Elle monta précipitamment les deux éta-
ges, et ouvrit d'une main courageuse la porte
d'Albert qui céda sans résistance; mais elle
trouva la chambre déserte. Elle pénétra dans
un cabinet voisin, souleva tous les rideaux,
se hasarda même à regarder sous le lit et
derrière tous les meubles. Zdenko n'y était
plus, et n'y avait laissé aucune trace de son
entrée.

— Plus personne! dit-elle à la chanoinesse
qui venait clopin clopant, accompagnée de
Hanz et du chapelain : le baron était déjà
couché et endormi; il avait été impossible
de le réveiller.

— Je commence à craindre, dit le chapelain un peu mécontent de la nouvelle alerte
qu'on venait de lui donner, que la signora

Porporina ne soit la dupe de ses propres illusions...

— Non, monsieur le chapelain, répondit vivement Consuelo, personne ici n'en a moins que moi.

— Et personne n'a plus de force et de dévouement, c'est la vérité, reprit le bonhomme ; mais dans votre ardente espérance, vous croyez, signora, voir des indices où il n'y en a malheureusement point.

— Mon père, dit la chanoinesse, la Porporina est brave comme un lion, et sage comme un docteur. Si elle a vu Zdenko, Zdenko est venu ici. Il faut le chercher dans toute la maison, et comme tout est bien fermé, Dieu merci, il ne peut nous échapper.

On réveilla les autres domestiques, et on chercha de tous côtés. Il n'y eut pas une armoire qui ne fût ouverte, un meuble qui ne fût dérangé. On remua jusqu'au fourrage des

immenses greniers. Hanz eut la naïveté de
chercher jusque dans les larges bottes du
baron. Zdenko ne s'y trouva pas plus qu'ailleurs. On commença à croire que Consuelo
avait rêvé ; mais elle demeura plus persuadée que jamais qu'il fallait trouver l'issue
mystérieuse du château, et elle résolut de
porter à cette découverte toute la persévérance de sa volonté. — A peine eut-elle pris
quelques heures de repos qu'elle commença
son examen. Le bâtiment qu'elle habitait (le
même où se trouvait l'appartement d'Albert)
était appuyé et comme adossé à la colline.
Albert lui-même avait choisi et fait arranger
son logement dans cette situation pittoresque qui lui permettait de jouir d'un beau
point de vue vers le sud, et d'avoir du côté
du levant un joli petit parterre en terrasse,
de plain pied avec son cabinet de travail. Il
avait le goût des fleurs, et en cultivait d'as-

sez rares sur ce carré de terres rapportées
au sommet stérile de l'éminence. La terrasse était entourée d'un mur à hauteur
d'appui, en larges pierres de taille, assis sur
des rocs escarpés, et de ce belvédère fleuri
on dominait le précipice de l'autre versant
et une partie du vaste horizon dentelé du
Bœhmerwald. Consuelo, qui n'avait pas encore pénétré dans ce lieu, en admira la belle
position et l'arrangement pittoresque; puis
elle se fit expliquer par le chapelain à quel
usage était destinée cette terrasse avant que
le château eût été transformé, de forteresse,
en résidence seigneuriale.

— C'était, lui dit-il, un ancien bastion,
une sorte de terrasse fortifiée, d'où la gar-
nison pouvait observer les mouvements des
troupes dans la vallée et sur les flancs des
montagnes environnantes. Il n'est point de
brèche offrant un passage qu'on ne puisse

découvrir d'ici. Autrefois une haute muraille, avec des jours pratiqués de tous côtés, environnait cette plate-forme, et défendait les occupants contre les flèches ou les balles de l'ennemi.

— Et qu'est-ce que ceci? demanda Consuelo en s'approchant d'une citerne située au centre du parterre, et dans laquelle on descendait par un petit escalier rapide et tournant.

— C'est une citerne qui fournissait toujours et en abondance une eau de roche excellente aux assiégés; ressource inappréciable pour un château-fort!

— Cette eau est donc bonne à boire? dit Consuelo en examinant l'eau verdâtre et mousseuse de la citerne. Elle me paraît bien trouble.

— Elle n'est plus bonne maintenant, ou du moins elle ne l'est pas toujours, et le

comte Albert n'en fait usage que pour arroser ses fleurs. Il faut vous dire qu'il se passe
depuis deux ans dans cette fontaine un phénomène bien extraordinaire. La source, car
c'en est une, dont le jaillissement est plus ou
moins voisin dans le cœur de la montagne,
est devenue intermittente. Pendant des semaines entières le niveau s'abaisse extraor-
dinairement, et le comte Albert fait monter,
par Zdenko, de l'eau du puits de la grande
cour pour arroser ses plantes chéries. Et
puis, tout à coup, dans l'espace d'une nuit,
et quelquefois même d'une heure, cette citerne se remplit d'une eau tiède, trouble
comme vous la voyez. Quelquefois elle se
vide rapidement; d'autres fois l'eau séjourne
assez longtemps et s'épure peu à peu, jusqu'à devenir froide et limpide comme du cristal de roche. Il faut qu'il se soit passé cette
nuit un phénomène de ce genre; car, hier

encore, j'ai vu la citerne claire et bien pleine, et je la vois en ce moment trouble comme si elle eût été vidée et remplie de nouveau.

— Ces phénomènes n'ont donc pas un cours régulier?

— Nullement, et je les aurais examinés avec soin, si le comte Albert, qui défend l'entrée de ses appartements et de son parterre avec l'espèce de sauvagerie qu'il porte en toutes choses, ne m'eût interdit cet amusement. J'ai pensé, et je pense encore, que le fond de la citerne est encombré de mousses et de plantes pariétaires qui bouchent par moments l'accès à l'eau souterraine, et qui cèdent ensuite à l'effort du jaillissement.

— Mais comment expliquez-vous la disparition subite de l'eau en d'autres moments?

— A la grande quantité que le comte en consomme pour arroser ses fleurs.

— Il faudrait bien des bras, ce me semble,

pour vider cette fontaine. Elle n'est donc pas profonde ?

— Pas profonde? Il est impossible d'en trouver le fond !

— En ce cas, votre explication n'est pas satisfaisante, dit Consuelo, frappée de la stupidité du chapelain.

— Cherchez-en une meilleure, reprit-il un peu confus et un peu piqué de son manque de sagacité.

— Certainement, j'en trouverai une meilleure, pensa Consuelo vivement préoccupée des caprices de la fontaine.

— Oh! si vous demandiez au comte Albert ce que cela signifie, reprit le chapelain qui aurait bien voulu faire un peu l'esprit fort pour reprendre sa supériorité aux yeux de la clairvoyante étrangère, il vous dirait que ce sont les larmes de sa mère qui se tarissent et se renouvellent dans le sein de la monta-

gne. Le fameux Zdenko, auquel vous suppo-
sez tant de pénétration, vous jurerait qu'il y
a là dedans une syrène qui chante fort agréa-
blement à ceux qui ont des oreilles pour
l'entendre. A eux deux ils ont baptisé ce
puits *la Source des pleurs.* Cela peut être fort
poétique, et il ne tient qu'à ceux qui aiment
les fables païennes de s'en contenter.

— Je ne m'en contenterai pas, pensa Consuelo, et je saurai comment ces pleurs se tarissent.

— Quant à moi, poursuivit le chapelain,
j'ai bien pensé qu'il y avait une perte d'eau
dans un autre coin de la citerne...

— Il me semble que sans cela, reprit Consuelo, la citerne, étant le produit d'une
source, aurait toujours débordé.

— Sans doute, sans doute, reprit le chapelain, ne voulant pas avoir l'air de s'aviser
de cela pour la première fois ; il ne faut pas

venir de bien loin pour découvrir une chose
aussi simple! Mais il faut bien qu'il y ait un
dérangement notoire dans les canaux naturels de l'eau, puisqu'elle ne garde plus le ni-
vellement régulier qu'elle avait naguère.

— Sont-ce des canaux naturels, ou des
aqueducs faits de main d'homme? demanda
l'opiniâtre Consuelo : voilà ce qu'il importe-
rait de savoir.

— Voilà ce dont personne ne peut s'assurer, répondit le chapelain, puisque le comte
Albert ne veut point qu'on touché à sa chère
fontaine, et a défendu positivement qu'on
essayât de la nettoyer.

— J'en étais sûre! dit Consuelo en s'éloignant ; et je pense qu'on fera bien de respecter sa volonté, car Dieu sait quel malheur
pourrait lui arriver, si on se mêlait de contrarier sa syrène!

— Il devient à peu près certain pour moi,

se dit le chapelain en quittant Consuelo, que cette jeune personne n'a pas l'esprit moins dérangé que M. le comte. La folie serait-elle contagieuse? Ou bien maître Porpora nous l'aurait-il envoyée pour que l'air de la campagne lui rafraîchît le cerveau? A voir l'obstination avec laquelle elle se faisait expliquer le mystère de cette citerne, j'aurais gagé qu'elle était fille de quelque ingénieur des canaux de Venise, et qu'elle voulait se donner des airs entendus dans la partie; mais je vois bien à ses dernières paroles, ainsi qu'à l'hallucination qu'elle a eue à propos de Zdenko ce matin, et à la promenade qu'elle nous a fait faire cette nuit au Schreckenstein, que c'est une fantaisie du même genre. Ne s'imagine-t-elle pas retrouver le comte Albert au fond de ce puits! Malheureux jeunes gens! que n'y pouvez-vous retrouver la raison et la vérité! — Là dessus,

le bon chapelain alla dire son bréviaire en
attendant le dîner.

— Il faut, pensait Consuelo de son côté,
que l'oisiveté et l'apathie engendrent une
singulière faiblesse d'esprit, pour que ce
saint homme, qui a lu et appris tant de choses, n'ait pas le moindre soupçon de ce qui
me préoccupe à propos de cette fontaine. O
mon Dieu, je vous en demande pardon, mais
voilà un de vos ministres qui fait bien peu
d'usage de son raisonnement! Et ils disent
que Zdenko est imbécile! — Là dessus, Consuelo alla donner à la jeune baronne une leçon de solfège, en attendant qu'elle pût re-
commencer ses perquisitions.

# 5

— Avez-vous jamais assisté au décroisse-
ment de l'eau , et l'avez-vous quelquefois
observée quand elle remonte? demanda-t-
elle tout bas dans la soirée au chapelain, qui
était fort en train de digérer.

— Quoi! qu'y a-t-il? s'écria-t-il en bon-

dissant sur sa chaise, et en roulant de gros
yeux ronds.

— Je vous parle de la citerne, reprit-elle
sans se déconcerter ; avez-vous observé par
vous-même la production du phénomène ?

— Ah bien ! oui, la citerne ; j'y suis, répondit-il avec un sourire de pitié. Voilà,
pensa-t-il, sa folie qui la reprend.

— Mais, répondez-moi donc, mon bon
chapelain, dit Consuelo qui poursuivait sa
méditation avec l'espèce d'acharnement
qu'elle portait dans toutes ses occupations
mentales, et qui n'avait aucune intention
malicieuse envers le digne homme.

— Je vous avouerai, Mademoiselle, répondit-il d'un ton très froid, que je ne me
suis jamais trouvé à même d'observer ce que
vous me demandez, et je vous déclare que je
ne me suis jamais tourmenté au point d'en
perdre le sommeil.

— Oh ! j'en suis bien certaine, reprit Consuelo impatientée.

Le chapelain haussa les épaules, et se leva
péniblement de son siége, pour échapper à
cette ardeur d'investigation.

— Eh bien ! puisque personne ici ne veut
perdre une heure de sommeil pour une découverte aussi importante, j'y consacrerai
ma nuit entière s'il le faut, pensa Consuelo ;
et, en attendant l'heure de la retraite, elle
alla, enveloppée de son manteau, faire un
tour de jardin.

La nuit était froide et brillante ; les brouil-
lards s'étaient dissipés à mesure que la lune,
alors pleine, avait monté dans l'empirée. Les
étoiles pâlissaient à son approche ; l'air était
sec et sonore. Consuelo, irritée et non brisée
par la fatigue, l'insomnie, et la perplexité
généreuse, mais peut-être un peu maladive
de son esprit, sentait quelque mouvement

de fièvre, que la fraîcheur du soir ne pouvait
calmer. Il lui semblait toucher au terme de
son entreprise. Un pressentiment romanesque, qu'elle prenait pour un ordre et un en-
couragement de la Providence, la tenait active et agitée. Elle s'assit sur un tertre de
gazon planté de mélèzes, et se mit à écouter
le bruit faible et plaintif du torrent au fond
de la vallée. Mais il lui sembla qu'une voix
plus douce et plus plaintive encore se mêlait
au murmure de l'eau et montait peu à peu
jusqu'à elle. Elle s'étendit sur le gazon pour
mieux saisir, étant plus près de la terre, ces
sons légers que la brise emportait à chaque
instant. Enfin elle distingua la voix de Zdenko.
Il chantait en allemand, et elle recueillit les
paroles suivantes, arrangées tant bien que
mal sur un air bohémien, empreint du même
caractère naïf et mélancolique que celui
qu'elle avait déjà entendu :

« Il y a là-bas, là-bas, une âme en peine
« et en travail, qui attend sa délivrance,

« Sa délivrance, sa consolation tant pro-
« mise.

« La délivrance semble enchaînée, la con-
« solation semble impitoyable.

« Il y a là-bas, là-bas, une âme en peine
« et en travail qui se lasse d'attendre. »

Quand la voix cessa de chanter, Consuelo
se leva, chercha des yeux Zdenko dans la
campagne, parcourut tout le parc et tout le
jardin pour le trouver, l'appela de divers
endroits, et rentra sans l'avoir aperçu.

Mais une heure après qu'on eut dit tout
haut en commun une longue prière pour le
comte Albert, auquel on invita tous les serviteurs de la maison à se joindre, tout le
monde étant couché, Consuelo alla s'installer
auprès de la fontaine des Pleurs, et, s'asseyant sur la margelle, parmi les capillaires

touffues qui y croissaient naturellement, et
les iris qu'Albert y avait plantées, elle fixa
ses regards sur cette eau immobile où la
lune, alors parvenue à son zénith, plongeait
son image comme dans un miroir.

Au bout d'une heure d'attente, et comme
la courageuse enfant, vaincue par la fatigue,
sentait ses paupières s'appesantir, elle fut
réveillée par un léger bruit à la surface de
l'eau. Elle ouvrit les yeux, et vit le spectre
de la lune s'agiter, se briser, et s'étendre en
cercles lumineux sur le miroir de la fontaine.
En même temps un bouillonnement et un
bruit sourd, d'abord presque insensible et
bientôt impétueux, se manifestèrent; elle
vit l'eau baisser en tourbillonnant comme
dans un entonnoir, et, en moins d'un quart
d'heure, disparaître dans la profondeur de
l'abîme.

Elle se hasarda à descendre plusieurs mar-

ches. L'escalier, qui semblait avoir été prati-
qué pour qu'on pût approcher à volonté du
niveau variable de l'eau, était formé de blocs
de granit enfoncés ou taillés en spirale dans
le roc. Ces marches limoneuses et glissantes
n'offraient aucun point d'appui, et se perdaient dans une effrayante profondeur. L'obscurité, un reste d'eau qui clapotait encore
au fond du précipice incommensurable, l'impossibilité d'assurer ses pieds délicats sur
cette vase filandreuse, arrêtèrent la tentative
insensée de Consuelo ; elle remonta à recu-
lons avec beaucoup de peine, et se rassit
tremblante et consternée sur la première
marche.

Cependant l'eau semblait toujours fuir
dans les entrailles de la terre. Le bruit devint
de plus en plus sourd, jusqu'à ce qu'il cessa
entièrement, et Consuelo songea à aller chercher de la lumière pour examiner autant que

possible d'en haut l'intérieur de la citerne. Mais elle craignit de manquer l'arrivée de celui qu'elle attendait, et se tint
patiemment immobile pendant près d'une
heure encore. Enfin, elle crut apercevoir une
faible lueur au fond du puits, et, se penchant
avec anxiété, elle vit cette tremblante clarté
monter peu à peu. Bientôt elle n'en douta
plus, Zdenko montait la spirale, en s'aidant
d'une chaîne de fer scellée aux parois du rocher. Le bruit que sa main produisait en soulevant cette chaîne, et en la laissant retomber de distance en distance, avertissait Consuelo de l'existence de cette sorte de rampe
qui cessait à une certaine hauteur, et qu'elle
n'avait pu ni voir ni soupçonner. Zdenko
portait une lanterne qu'il suspendit à un croc
destiné à cet usage et planté dans le roc à
environ vingt pieds au dessous du sol ; puis il
monta légèrement et rapidement le reste de

l'escalier, privé de chaîne et de point d'appui
apparent. Cependant, Consuelo, qui observait
tout avec la plus grande attention, le vit
s'aider de quelques pointes de rocher, de certaines plantes pariétaires plus vigoureuses
que les autres, et peut-être de quelques clous
recourbés qui sortaient du mur et dont sa
main avait l'habitude. Dès qu'il fut à portée
de voir Consuelo, celle-ci se cacha et se dé-
roba à ses regards en rampant derrière la
balustrade de pierre à demi-circulaire qui
couronnait le haut du puits, et qui s'inter-
rompait seulement à l'entrée de l'escalier.
Zdenko sortit et se mit à cueillir lentement
dans le parterre, avec beaucoup de soin et
comme en choisissant certaines fleurs, un
gros bouquet. Puis il entra dans le cabinet
d'Albert, et, à travers le vitrage de la porte,
Consuelo le vit remuer longtemps les livres,
et en chercher un qu'il parut enfin avoir

trouvé ; car il revint vers la citerne en riant
et en se parlant à lui même d'un ton de con-
tentement, mais d'une voix faible et presque
insaisissable, tant il semblait partagé entre
le besoin de causer tout seul, selon son habitude, et la crainte d'éveiller les hôtes du château.

Consuelo ne s'était pas encore demandé si
elle l'aborderait, si elle le prierait de la conduire auprès d'Albert ; et il faut avouer qu'en
cet instant, confondue de ce qu'elle voyait,
éperdue au milieu de son entreprise, joyeuse
d'avoir deviné la vérité tant pressentie, mais
émue de l'idée de descendre au fond des entrailles de la terre et des abîmes de l'eau, elle
ne se sentit pas le courage d'aller d'emblée
au résultat, et laissa Zdenko redescendre
comme il était monté, reprendre sa lanterne,
et disparaître en chantant d'une voix qui

prenait de l'assurance à mesure qu'il s'enfon-
çait dans les profondeurs de sa retraite :

« La délivrance est enchaînée, la consolation est impitoyable. »

. Le cœur palpitant, le cou tendu, Consuelo
eut dix fois son nom sur les lèvres pour le
rappeler. Elle allait s'y décider par un effort
héroïque, lorsqu'elle pensa tout à coup que
la surprise pouvait faire chanceler cet infortuné sur cet escalier difficile et périlleux, et
lui donner le vertige de la mort. Elle s'en
abstint, se promettant d'être plus courageuse le lendemain, en temps opportun.

Elle attendit encore pour voir remonter
l'eau, et cette fois le phénomène s'opéra plus
rapidement. Il y avait à peine un quart d'heure
qu'elle n'entendait plus Zdenko et qu'elle ne
voyait plus de lueur de lanterne, lorsqu'un
bruit sourd, semblable au grondement loin-
tain du tonnerre, se fit entendre; et l'eau,

s'élançant avec violence, monta en tour-
noyant et en battant les murs de sa prison
avec un bouillonnement impétueux. Cette
irruption soudaine de l'eau eut quelque chose
de si effrayant, que Consuelo trembla pour le
pauvre Zdenko, en se demandant si, à jouer
avec de tels périls, et à gouverner ainsi les
forces de la nature, il ne risquait pas d'être
emporté par la violence du courant, et de reparaître à la surface de la fontaine, noyé et
brisé comme ces plantes limoneuses qu'elle
y voyait surnager.

Cependant le moyen devait être bien simple ; il ne s'agissait que de baisser et de relever une écluse, peut-être de poser une
pierre en arrivant, et de la déranger en s'en
retournant. Mais cet homme, toujours préoccupé et perdu dans ses rêveries bizarres, ne
pouvait-il pas se tromper, et déranger la
pierre un instant trop tôt? Venait-il par le

même souterrain qui servait de passage à l'eau de la source ? Il faudra pourtant que j'y passe avec ou sans lui, se dit Consuelo, et cela pas plus tard que la nuit prochaine; *car il y a là-bas une âme en travail et en peine qui m'attend et qui se lasse d'attendre.* Ceci n'a point été chanté au hasard, et ce n'est pas sans but que Zdenko, qui déteste l'allemand et qui le prononce avec difficulté, s'est expliqué aujourd'hui dans cette langue.

Elle alla enfin se coucher; mais elle eut tout le reste de la nuit d'affreux cauchemars. La fièvre faisait des progrès. Elle ne s'en apercevait pas, tant elle se sentait encore pleine de force et de résolution ; mais, à chaque instant, elle se réveillait en sursaut, s'imaginant être encore sur les marches du terrible escalier et ne pouvant le remonter, tandis que l'eau s'élevait au dessous d'elle

avec le rugissement et la rapidité de la foudre.

Elle était si changée le lendemain, que
tout le monde remarqua l'altération de ses
traits. Le chapelain n'avait pu s'empêcher
de confier à la chanoinesse que *cette agréable
et obligeante personne* lui paraissait avoir le
cerveau dérangé : et la bonne Wenceslawa, qui n'était pas habituée à voir tant de
courage et de dévouement autour d'elle,
commençait à croire que la Porporina était
tout au moins une jeune fille fort exaltée et
d'un tempérament nerveux très excitable.
Elle comptait trop sur ses bonnes portes dou-
blées de fer, et sur ses fidèles clefs, toujours
grinçantes à sa ceinture, pour avoir cru longtemps à l'entrée et à l'évasion de Zdenko
l'avant-dernière nuit. Elle adressa donc à
Consuelo des paroles affectueuses et compa-
tissantes, la conjurant de ne pas s'identifier

au malheur de la famille, jusqu'à en perdre
la santé, et s'efforçant de lui donner, sur le
retour prochain de son neveu, desespérances
qu'elle commençait elle-même à perdre dans
le secret de son cœur.

Mais elle fut émue à la fois de crainte et
d'espoir, lorsque Consuelo lui répondit avec
un regard brillant de satisfaction et un sourire de douce fierté : — Vous avez bien raison
de croire et d'attendre avec confiance, chère
madame. Le comte Albert est vivant et peu
malade, je l'espère ; car il s'intéresse encore
à ses livres et à ses fleurs du fond de sa retraite. J'en ai la certitude, et j'en pourrais
donner la preuve.

— Que voulez-vous dire, chère enfant?
s'écria la chanoinesse dominée par son air
de conviction : qu'avez-vous appris, qu'avez-
vous découvert? Parlez, au nom du ciel ! rendez la vie à une famille désolée !

Dites au comte Christian que son fils existe, et qu'il n'est pas loin d'ici. Cela est aussi vrai que je vous aime et vous respecte.

La chanoinesse se leva pour courir vers son frère, qui n'était pas encore descendu au salon. Mais un regard et un soupir du chapelain l'arrêtèrent. — Ne donnons pas à la légère une telle joie à mon pauvre Christian, dit-elle en soupirant à son tour. Si le fait venait bientôt démentir vos douces promesses, ah! ma chère enfant, nous aurions porté le coup de la mort à ce malheureux père !

— Vous doutez donc de ma parole? répliqua Consuelo étonnée.

— Dieu m'en garde, noble Nina ! mais vous pouvez vous faire illusion ! Hélas ! cela nous est arrivé si souvent à nous-mêmes ! Vous dites que vous avez des preuves, ma

chère fille ; ne pourriez-vous nous les men-
tionner ?

— Je ne le peux pas... du moins il me
semble que je ne le dois pas, dit Consuelo un
peu embarrassée. J'ai découvert un secret
auquel le comte Albert attache certainement
beaucoup d'importance, et je ne crois pas
pouvoir le trahir sans son aveu.

— Sans son aveu ! s'écria la chanoinesse
en regardant le chapelain avec irrésolution.
L'aurait-elle vu ?

Le chapelain haussa imperceptiblement
les épaules, sans comprendre la douleur que
son incrédulité causait à la pauvre chanoinesse.

— Je ne l'ai pas vu, reprit Consuelo ; mais
je le verrai bientôt, et vous aussi, j'espère.
Voilà pourquoi je craindrais de retarder son
retour en contrariant ses volontés par mon
indiscrétion.

— Puisse la vérité divine habiter dans ton
cœur, généreuse créature, et parler par ta
bouche! dit Wenceslawa en la regardant
avec des yeux inquiets et attendris. Garde
ton secret, si tu en as un; et rends-nous Albert, si tu en as la puissance. Tout ce que je
sais, c'est que, si cela se réalise, j'embrasse-
rai tes genoux, comme j'embrasse en ce moment ton pauvre front... humide et brûlant!
ajouta-t-elle après avoir touché de ses lèvres
le beau front embrasé de la jeune fille, et en
se retournant vers le chapelain d'un air
ému:

— Si elle est folle, dit-elle à ce dernier
lorsqu'elle put lui parler sans témoins, c'est
toujours un ange de bonté, et il semble
qu'elle soit occupée de nos souffrances plus
que nous-mêmes. Ah! mon père, il y a une
malédiction sur cette maison! Tout ce qui
porte un cœur sublime y est frappé de ver-

tige, et notre vie se passe à plaindre ce que nous sommes forcés d'admirer !

— Je ne nie pas les bons mouvements de cette jeune étrangère, répondit le chapelain. Mais il y a du délire dans son fait, n'en doutez pas, Madame. Elle aura rêvé du comte Albert cette nuit, et elle nous donne imprudemment ses visions pour des certitudes. Gardez-vous d'agiter l'âme pieuse et soumise de votre vénérable frère par des assertions si frivoles. Peut-être aussi ne faudrait-il pas trop encourager les témérités de cette signora Porporina..... Elles peuvent la précipiter dans des dangers d'une autre nature que ceux qu'elle a voulu braver jusqu'ici.....

— Je ne vous comprends pas, dit avec une grave naïveté la chanoinesse Wenceslawa.

— Je suis fort embarrassé de m'expliquer, reprit le digne homme..... Pourtant il me

semble..... que si un commerce secret, bien
honnête et bien désintéressé sans doute,
venait à s'établir entre cette jeune artiste et
le noble comte.....

— Eh bien ? dit la chanoinesse en ouvrant
de grands yeux.

— Eh bien ! Madame, ne pensez-vous pas
que des sentiments d'intérêt et de sollicitude,
fort innocents dans leur principe, pourraient, en peu de temps, à l'aide de circonstances et d'idées romanesques, devenir dangereux pour le repos et la dignité de la jeune
musicienne ?

— Je ne me serais jamais avisée de cela !
s'écria la chanoinesse frappée de cette réflexion. Croiriez-vous donc, mon père, que
la Porporina pourrait oublier sa position
humble et précaire dans des relations quel-
conques avec un homme si élevé au dessus

d'elle que l'est mon neveu Albert de Rudolstadt ?

— Le comte Albert de Rudolstadt pourrait
l'y aider lui-même , sans le vouloir, par
l'affectation qu'il met à traiter de préjugés
les respectables avantages du rang et de la
naissance.

— Vous éveillez en moi de graves inquié-
tudes, dit Wenceslawa, rendue à son orgueil
de famille et à la vanité de la naissance, son
unique travers. Le mal aurait-il déjà germé
dans le cœur de cette enfant? Y aurait-il
dans son agitation et dans son empressement à retrouver Albert un motif moins pur
que sa générosité naturelle et son attachement pour nous ?

— Je me flatte encore que non, répondit
le chapelain, dont l'unique passion était de
jouer, par ses avis et par ses conseils, un
rôle important dans la famille, tout en con-

servant les dehors d'un respect craintif et
d'une soumission obséquieuse. Il faudra
pourtant, ma chère fille, que vous ayez les
yeux ouverts sur la suite des évènements, et
que votre vigilance ne s'endorme pas sur de
pareils dangers. Ce rôle délicat ne convient
qu'à vous, et demande toute la prudence et
la pénétration dont le ciel vous a douée.

Après cet entretien, la chanoinesse demeura toute bouleversée, et son inquiétude
changea d'objet. Elle oublia presque qu'Albert était comme perdu pour elle, peut-être
mourant, peut-être mort, pour ne songer
qu'à prévenir enfin les effets d'une affection
qu'en elle-même elle appelait *disproportion-
née* : semblable à l'Indien de la fable, qui,
monté sur un arbre, poursuivi par l'épouvante sous la figure d'un tigre, s'amuse à
combattre le souci sous la figure d'une mouche bourdonnant autour de sa tête.

Toute la journée elle eut les yeux attachés
sur Porporina, épiant tous ses pas, et analy-
sant toutes ses paroles avec anxiété. Notre
héroïne, car c'en était une dans toute la
force du terme en ce moment-là que la brave
Consuelo, s'en aperçut bien, mais demeura
fort éloignée d'attribuer cette inquiétude à
un autre sentiment que le [doute de la
voir tenir ses promesses en ramenant Albert. Elle ne songeait point à cacher sa propre agitation, tant elle sentait, dans sa conscience tranquille et forte, qu'il y avait de
quoi être fière de son projet plutôt que d'en
rougir. Cette modeste confusion que lui
avait causée, quelques jours auparavant,
l'enthousiasme du jeune comte pour elle,
s'était dissipée en face d'une volonté sérieuse
et pure de toute vanité personnelle. Les
amers sarcasmes d'Amélie, qui pressentait
son entreprise sans en connaître les détails,

ne l'émouvaient nullement. Elle les entendait à peine, y répondait par des sourires,
et laissait à la chanoinesse, dont les oreilles
s'ouvraient d'heure en heure, le soin de les
enregistrer, de les commenter, et d'y trouver
une lumière terrible.

# 6

Cependant, en se voyant surveillée par Wenceslawa comme elle ne l'avait jamais été, Consuelo craignit d'être contrariée par un zèle malentendu, et se composa un maintien plus froid, grâce auquel il lui fut possible, dans la journée, d'échapper à son atten-

tion, et de prendre, d'un pied léger, la route
du Schreckenstein. Elle n'avait pas d'autre
idée dans ce moment que de rencontrer
Zdenko, de l'amener à une explication, et
de savoir définitivement s'il voulait la conduire auprès d'Albert. Elle le trouva assez
près du château, sur le sentier qui menait
au Schreckenstein. Il semblait venir à sa rencontre, et lui adressa la parole en bohémien avec beaucoup de volubilité. — Hélas!
je ne te comprends pas, lui dit Consuelo lorsqu'elle put placer un mot; je sais à peine
l'allemand, cette dure langue que tu hais
comme l'esclavage et qui est triste pour moi
comme l'exil. Mais, puisque nous ne pouvons
nous entendre autrement, consens à la parler avec moi; nous la parlons aussi mal l'un
que l'autre : je te promets d'apprendre le
bohémien, si tu veux me l'enseigner.

A ces paroles qui lui étaient sympathiques, Zdenko devint sérieux, et tendant à Consuelo une main sèche et calleuse qu'elle n'hésita point à serrer dans la sienne : — Bonne fille de Dieu, lui dit-il en allemand, je t'apprendrai ma langue et toutes mes chansons. Laquelle veux-tu que je te dise pour commencer ?

Consuelo pensa devoir se prêter à sa fantaisie en se servant des mêmes figures pour l'interroger. — Je veux que tu me chantes, lui dit-elle, la ballade du comte Albert.

—Il y a, répondit-il, plus de deux cent mille ballades sur mon frère Albert. Je ne puis pas te les apprendre; tu ne les comprendrais pas. J'en fais tous les jours de nouvelles, qui ne ressemblent jamais aux anciennes. Demande-moi tout autre chose.

— Pourquoi ne te comprendrais-je pas? Je suis la consolation. Je me nomme Consuelo pour toi, entends-tu ? et pour le comte Albert qui seul ici me connaît.

— Toi, Consuelo ? dit Zdenko avec un rire moqueur. Oh ! tu ne sais ce que tu dis. *La délivrance est enchaînée.....*

— Je sais cela... *La consolation est impitoyable.* Mais toi, tu ne sais rien, Zdenko. La délivrance a rompu ses chaînes, la consolation a brisé ses fers.

— Mensonge, mensonge ! folies, paroles allemandes ! reprit Zdenko en réprimant ses rires et ses gambades. Tu ne sais pas chanter.

— Si fait, je sais chanter, repartit Consuelo. Tiens, écoute. Et elle lui chanta la première phrase de sa chanson sur les trois montagnes, qu'elle avait bien retenue, avec les paroles qu'Amélie l'avait aidée à retrouver et à prononcer.

Zdenko l'écouta avec ravissement, et lui

dit en soupirant : Je — t'aime beaucoup, ma
sœur, beaucoup, beaucoup ! Veux-tu que je
t'apprenne une autre chanson ?

— Oui, celle du comte Albert, en allemand
d'abord ; tu me l'apprendras après en bohémien.

— Comment commence-t-elle ? dit Zdenko
en la regardant avec malice.

Consuelo commença l'air de la chanson
de la veille : « *Il y a là-bas, là-bas, une âme
en travail et en peine...* »

— Oh ! celle-là est d'hier ; je ne la sais
plus aujourd'hui, dit Zdenko en l'interrom-
pant.

— Eh bien ! dis-moi celle d'aujourd'hui.

— Les premiers mots ? Il faut me dire les
premiers mots.

— Les premiers mots ? les voici, tiens :
Le comte Albert est là-bas, là-bas dans la
grotte de Schreckenstein...

A peine eut-elle prononcé ces paroles que
Zdenko changea tout à coup de visage et
d'attitude ; ses yeux brillèrent d'indignation.
Il fit trois pas en arrière, éleva ses mains au
dessus de sa tête, comme pour maudire Consuelo, et se mit à lui parler bohémien dans
toute l'énergie de la colère et de la menace.

Effrayée d'abord, mais voyant qu'il s'é-
loignait, Consuelo voulut le rappeler et le
suivre. Il se retourna avec fureur, et, ramassant une énorme pierre qu'il parut soulever sans effort avec ses bras maigres et dé-
biles : — Zdenko n'a jamais fait de mal à
personne, s'écria-t-il en allemand ; Zdenko
ne voudrait pas briser l'aile d'une pauvre
mouche, et si un petit enfant voulait le tuer,
il se laisserait tuer par un petit enfant. Mais
si tu me regardes encore, si tu me dis un
mot de plus, fille du mal, menteuse, Autri-

chienne, Zdenko t'écrasera comme un ver de terre, dût-il se jeter ensuite dans le torrent pour laver son corps et son âme du sang humain répandu.

Consuelo, épouvantée, prit la fuite, et rencontra au bas du sentier un paysan qui, s'étonnant de la voir courir ainsi pâle et comme poursuivie, lui demanda si elle avait rencontré un loup.

Consuelo, voulant savoir si Zdenko était sujet à des accès de démence furieuse, lui dit qu'elle avait rencontré l'*innocent*, et qu'il l'avait effrayée.

— Vous ne devez pas avoir peur de l'innocent, répondit le paysan en souriant de ce qu'il prenait pour une pusillanimité de petite maîtresse. Zdenko n'est pas méchant : toujours il rit, ou il chante , ou il raconte des histoires que l'on ne comprend pas et qui sont bien belles.

— Mais il se fâche quelquefois, et alors il menace et il jette des pierres ?

— Jamais, jamais, répondit le paysan ; cela n'est jamais arrivé et n'arrivera jamais. Il ne faut point avoir peur de Zdenko, Zdenko est innocent comme un ange.

Quand elle fut remise de son trouble, Consuelo reconnut que ce paysan devait avoir raison, et qu'elle venait de provoquer, par une parole imprudente, le premier, le seul accès de fureur qu'eût jamais éprouvé l'innocent Zdenko. Elle se le reprocha amèrement. J'ai été trop pressée, se dit-elle ; j'ai éveillé, dans l'âme paisible de cet homme privé de ce qu'on appelle fièrement la raison, une souffrance qu'il ne connaissait pas encore, et qui peut maintenant s'emparer de lui à la moindre occasion. Il n'était que maniaque, je l'ai peut-être rendu fou.

Mais elle devint plus triste encore en pen-

sant aux motifs de la colère de Zdenko. Il
était bien certain désormais qu'elle avait deviné juste en plaçant la retraite d'Albert au
Schreckenstein. Mais avec quel soin jaloux
et ombrageux Albert et Zdenko voulaient cacher ce secret, même à elle ! Elle n'était
donc pas exceptée de cette proscription,
elle n'avait donc aucune influence sur le
comte Albert ; et cette inspiration qu'il avait
eue de la nommer sa consolation, ce soin de
la faire appeler la veille par une chanson
symbolique de Zdenko, cette confidence
qu'il avait faite à son fou du nom de Consuelo, tout cela n'était donc chez lui que la
fantaisie du moment, sans qu'une aspiration
véritable et constante lui désignât une personne plus qu'une autre pour sa libératrice
et sa consolation ? Ce nom même de consolation, prononcé et comme deviné par lui,
était une affaire de pur hasard. Elle n'avait

caché à personne qu'elle fût Espagnole, et
que sa langue maternelle lui fût demeurée
plus familière encore que l'italien. Albert,
enthousiasmé par son chant, et ne connaissant pas d'expression plus énergique que
celle qui exprimait l'idée dont son âme était
avide et son imagination remplie, la lui avait
adressée dans une langue qu'il connaissait
parfaitement et que personne autour de lui
ne pouvait entendre, excepté elle.

Consuelo ne s'était jamais fait d'illusion
extraordinaire à cet égard. Cependant une
rencontre si délicate et si ingénieuse du hasard lui avait semblé avoir quelque chose de
providentiel, et sa propre imagination s'en
était emparée sans trop d'examen.

Maintenant tout était remis en question.
Albert avait-il oublié , dans une nouvelle
phase de son exaltation , l'exaltation qu'il
avait éprouvée pour elle? Était-elle désor-

sormais inutile à son soulagement, impuis-
sante pour son salut? ou bien Zdenko, qui
lui avait paru si intelligent et si empressé
jusque là à seconder les desseins d'Albert,
était-il lui-même plus tristement et plus sérieusement fou que Consuelo n'avait voulu
le supposer? Exécutait-il les ordres de son
ami, ou bien les oubliait-il complètement,
en interdisant avec fureur à la jeune fille
l'approche du Schreckenstein et le soupçon
de la vérité?

— Eh bien! lui dit Amélie tout bas lorsqu'elle fut de retour, avez-vous vu passer
Albert dans les nuages du couchant? Est-ce
la nuit prochaine que, par une conjuration
puissante, vous le ferez descendre par la
cheminée?

— Peut-être! lui répondit Consuelo avec
un peu d'humeur. C'était la première fois de
sa vie qu'elle sentait son orgueil blessé. Elle

avait mis à son entreprise un dévouement si pur, un entraînement si magnanime , qu'elle souffrait à l'idée d'être raillée et méprisée pour n'avoir pas réussi.

Elle fut triste toute la soirée ; et la chanoinesse, qui remarqua ce changement, ne manqua pas de l'attribuer à la crainte d'avoir laissé deviner le sentiment funeste éclos dans son cœur.

La chanoinesse se trompait étrangement. Si Consuelo avait ressenti la moindre atteinte d'un amour nouveau, elle n'eût connu ni cette foi vive, ni cette confiance sainte qui jusque là l'avaient guidée et soutenue. Jamais peut-être elle n'avait, au contraire, éprouvé le retour amer de son ancienne passion plus fortement que dans ces circonstances où elle cherchait à s'en distraire par des actes d'héroïsme et une sorte de fanatisme d'humanité.

En rentrant le soir dans sa chambre, elle trouva sur son épinette un vieux livre doré et armoirié qu'elle crut aussitôt reconnaître pour celui qu'elle avait vu prendre dans le cabinet d'Albert et emporter par Zdenko la nuit précédente. Elle l'ouvrit à l'endroit où le sinet était posé : c'était le psaume de la pénitence qui commence ainsi : *De profundis clamavi ad te.* Et ces mots latins étaient soulignés avec une encre qui semblait fraîche, car elle avait un peu collé au verso de la page suivante. Elle feuilleta tout le volume, qui était une fameuse bible ancienne, dite de Kralic, éditée en 1579, et n'y trouva aucune autre indication, aucune note marginale, aucun billet. Mais ce simple cri parti de l'abîme, et pour ainsi dire des profondeurs de la terre, n'était-il pas assez significatif, assez éloquent? Quelle contradiction régnait donc entre le vœu formel et con-

stant d'Albert et la conduite récente de
Zdenko?

Consuelo s'arrêta à sa dernière supposition. Albert, malade et accablé au fond du
souterrain, qu'elle présumait placé sous le
Schreckenstein, y était peut-être retenu par
la tendresse insensée de Zdenko. Il était
peut-être la proie de ce fou, qui le chéris-
sait à sa manière, en le tenant prisonnier,
en cédant parfois à son désir de revoir la lumière, en exécutant ses messages auprès de
Consuelo, et en s'opposant tout à coup au
succès de ses démarches par une terreur ou
un caprice inexplicable. Eh bien, se dit-elle,
j'irai, dussé-je affronter les dangers réels;
j'irai, dussé-je faire une imprudence ridicule
aux yeux des sots et des égoïstes; j'irai, dussé-je y être humiliée par l'indifférence de
celui qui m'appelle. Humiliée! et comment
pourrais-je l'être, s'il est réellement aussi

fou lui-même que le pauvre Zdenko ? Je n'aurai sujet que de les plaindre l'un et l'autre, et j'aurai fait mon devoir. J'aurai obéi à la voix de Dieu qui m'inspire, et à sa main qui me pousse avec une force irrésistible.

L'état fébrile où elle s'était trouvée tous les jours précédents, et qui, depuis sa dernière rencontre malencontreuse avec Zdenko, avait fait place à une langueur pénible, se manifesta de nouveau dans son âme et dans son corps. Elle retrouva toutes ses forces; et, cachant à Amélie et le livre, et son enthousiasme, et son dessein, elle échangea des paroles enjouées avec elle, la laissa s'endormir, et partit pour la source des Pleurs, munie d'une petite lanterne sourde qu'elle s'était procurée le matin même.

Elle attendit assez longtemps, et fut forcée par le froid de rentrer plusieurs fois dans le cabinet d'Albert, pour ranimer par un air

plus tiède ses membres engourdis. Elle osa
jeter un regard sur cet énorme amas de livres, non pas rangés sur des rayons comme
dans une bibliothèque, mais jetés pêle-mêle
sur le carreau, au milieu de la chambre,
avec une sorte de mépris et de dégoût. Elle
se hasarda à en ouvrir quelques-uns. Ils
étaient presque tous écrits en latin, et Consuelo put tout au plus présumer que c'é-
taient des ouvrages de controverse religieuse, émanés de l'Église romaine ou approu-
vés par elle. Elle essayait d'en comprendre
les titres, lorsqu'elle entendit enfin bouillon-
ner l'eau de la fontaine. Elle y courut, ferma
sa lanterne, se cacha derrière le garde-fou,
et attendit l'arrivée de Zdenko. Cette fois, il
ne s'arrêta ni dans le parterre, ni dans le cabinet. Il traversa les deux pièces, et sortit de
l'appartement d'Albert pour aller, ainsi que
le sut plus tard Consuelo, regarder et écou-

ter, à la porte de l'oratoire et à celle de la
chambre à coucher du comte Christian, si le
vieillard priait dans la douleur ou reposait
tranquillement. C'était une sollicitude qu'il
prenait souvent sur son compte, et sans
qu'Alber t ût songé à la lui imposer, comme
on le verra par la suite.

Consuelo ne délibéra point sur le parti
qu'elle avait à prendre; son plan était ar-
rêté. Elle ne se fiait plus à la raison ni à la
bienveillance de Zdenko; elle voulait parvenir jusqu'à celui qu'elle supposait prisonnier, seul et sans garde. Il n'y avait sans
doute qu'un chemin pour aller sous terre dè
la citerne du château à celle du Schreckenstein. Si ce chemin était difficile ou périlleux,
du moins il était praticable, puisque Zdenko
y passait toutes les nuits. Il l'était surtout
avec de la lumière; et Consuelo s'était pour-
vue de bougies, d'un morceau de fer, d'ama-

dou, et d'une pierre pour avoir de la lumière en cas d'accident. Ce qui lui donnait la
certitude d'arriver par cette route souterraine au Schreckenstein, c'était une ancienne histoire qu'elle avait entendu raconter à la chanoinesse, d'un siège soutenu jadis
par l'ordre Teutonique. Ces chevaliers, disait Wenceslawa, avaient dans leur réfec-
toire même une citerne qui leur apportait
toujours de l'eau d'une montagne voisine;
et lorsque leurs espions voulaient effectuer
une sortie pour observer l'ennemi, ils dessé-
chaient la citerne, passaient par ses con-
duits souterrains, et allaient sortir dans un
village qui était dans leur dépendance. Consuelo se rappelait que, selon la chronique
du pays, le village qui couvrait la colline appelée Schreckenstein depuis l'incendie dé-
pendait de la forteresse des Géants, et avait
avec lui de secrètes intelligences en temps

de siège. Elle était donc dans la logique et dans la vérité en cherchant cette communication et cette issue.

Elle profita de l'absence de Zdenko pour descendre dans le puits. Auparavant elle se mit à genoux, recommanda son âme à Dieu, fit naïvement un grand signe de croix, comme elle l'avait fait dans la coulisse du théâtre de San-Samuel avant de paraître pour la première fois sur la scène ; puis elle descendit bravement l'escalier tournant et rapide, cherchant à la muraille les points d'appui qu'elle avait vu prendre à Zdenko, et ne regardant point au dessous d'elle de peur d'avoir le vertige. Elle atteignit la chaîne de fer sans accident ; et lorsqu'elle l'eut saisie, elle se sentit plus tranquille, et eut le sang-froid de regarder au fond du puits. Il y avait encore de l'eau, et cette découverte lui causa un instant d'émoi. Mais la

réflexion lui vint aussitôt. Le puits pouvait
être très profond; mais l'ouverture du souterrain qui amenait Zdenko ne devait être
située qu'à une certaine distance au dessous du sol. Elle avait déjà descendu cinquante marches avec cette adresse et cette
agilité que n'ont pas les jeunes filles élevées
dans les salons, mais que les enfants du peuple acquièrent dans leurs jeux, et dont ils
conservent toute leur vie la hardiesse con-
fiante. Le seul danger véritable était de
glisser sur les marches humides. Consuelo
avait trouvé dans un coin, en furetant, un
vieux chapeau à larges bords que le baron
Frédérick avait longtemps porté à la chasse.
Elle l'avait coupé, et s'en était fait des semelles qu'elle avait attachées à ses souliers
avec des cordons en manière de cothurnes.
Elle avait remarqué une chaussure analogue aux pieds de Zdenko dans sa dernière

expédition nocturne. Avec ces semelles de feutre, Zdenko marchait sans faire aucun bruit dans les corridors du château, et c'est pour cela qu'il lui avait semblé glisser comme une ombre plutôt que marcher comme un homme. C'était aussi jadis la coutume des Hussites de chausser ainsi leurs espions, et même leurs chevaux, lorsqu'ils effectuaient une surprise chez l'ennemi.

A la cinquante-deuxième marche, Consuelo trouva une dalle plus large et une arcade basse en ogive. Elle n'hésita point à y entrer, et à s'avancer à demi courbée dans une galerie souterraine étroite et basse, toute dégouttante de l'eau qui venait d'y couler, travaillée et voûtée de main d'homme avec une grande solidité.

Elle y marchait sans obstacle et sans terreur depuis environ cinq minutes, lorsqu'il lui sembla entendre un léger bruit derrière elle. C'était peut-être Zdenko qui redescendait et qui reprenait le chemin du Schreckenstein. Mais elle avait de l'avance sur lui, et doubla le pas pour n'être pas atteinte par ce dangereux compagnon de voyage. Il ne pouvait pas se douter qu'elle l'eût devancé. Il n'avait pas de raison pour courir après elle; et pendant qu'il s'amuserait à chanter et à marmotter tout seul ses complaintes et ses interminables histoires, elle aurait le temps d'arriver et de se mettre sous la protection d'Albert.

Mais le bruit qu'elle avait entendu augmenta, et devint semblable à celui de l'eau qui gronde, lutte et s'élance. Qu'était-il donc arrivé? Zdenko s'était-il aperçu de son dessein? Avait-il lâché l'écluse pour l'arrêter et l'engloutir? Mais il n'avait pu le faire avant d'avoir passé lui-même, et il était derrière elle. Cette réflexion n'était pas très rassurante. Zdenko etait capable de se dévouer à la mort, de se noyer avec elle plutôt que de trahir la retraite d'Albert. Cependant Consuelo ne voyait point de pelle, point d'écluse, pas une pierre sur son chemin qui pût retenir l'eau, et la faire ensuite écouler. Cette eau ne pouvait être qu'en avant de son chemin, et le bruit venait de derrière elle. Cependant il grandissait, il montait, il approchait avec le rugissement du tonnerre.

Tout à coup Consuelo, frappée d'une horrible découverte, s'aperçut que la galerie, au lieu de monter, descendait d'abord en pente douce, et puis de plus en plus rapidement. L'infortunée s'était trompée de chemin. Dans son empressement et dans la vapeur épaisse qui s'exhalait du fond de la citerne, elle n'avait pas vu une seconde ogive, beaucoup plus large, et située vis à vis celle qu'elle avait prise. Elle s'était enfoncée dans

le canal qui servait de déversoir à l'eau du
puits, au lieu de remonter celui qui conduisait au réservoir ou à la source. Zdenko, s'en
allant par une route opposée, venait de lever
tranquillement la pelle ; l'eau tombait en es-
cade au fond de la citerne, et déjà la citerne
était remplie jusqu'à la hauteur du déversoir ;
déjà elle se précipitait dans la galerie où
Consuelo fuyait éperdue et glacée d'épouvante. Bientôt cette galerie, dont la dimen-
sion était ménagée de manière à ce que la
citerne, perdant moins d'eau qu'elle n'en recevait de l'autre bouche, pût se remplir, allait se remplir à son tour. Dans un instant,
dans un clin d'œil, le déversoir serait inondé,
et la pente continuait à s'abaisser vers des
abîmes où l'eau tendait à se précipiter. La
voûte, encore suintante, annonçait assez que
l'eau là remplissait tout entière, qu'il n'y
avait pas de salut possible, et que la vitesse

de ses pas ne sauverait pas la malheureuse
fugitive de l'impétuosité du torrent. L'air
était déjà intercepté par la masse d'eau qui
arrivait à grand bruit. Une chaleur étouf-
fante arrêtait la respiration, et suspendait
la vie autant que la peur et le désespoir. Déjà
le rugissement de l'onde déchaînée grondait
aux oreilles de Consuelo ; déjà une écume
rousse, sinistre avant-coureur du flot, ruis-
selait sur le pavé, et devançait la course incertaine et ralentie de la victime consternée.

# 7

« O ma mère, s'écria-t-elle, ouvre-moi
tes bras! O Anzoleto, je t'ai aimé! O mon
Dieu, dédommage-moi dans une vie meilleure! »

A peine avait-elle jeté vers le ciel ce cri
d'agonie, qu'elle trébuche et se frappe à un

obstacle inattendu. O surprise! ô bonté divine! c'est un escalier étroit et roide, qui
monte à l'une des parois du souterrain, et
qu'elle gravit avec les ailes de la peur et de
l'espérance. La voûte s'élève sur son front;
le torrent se précipite, heurte l'escalier que
Consuelo a eu le temps de franchir, en dévore les dix premières marches, mouille jusqu'à la cheville les pieds agiles qui le fuient,
et, parvenu enfin au sommet de la voûte sur-
baissée que Consuelo a laissée derrière elle,
s'engouffre dans les ténèbres, et tombe avec
un fracas épouvantable dans un réservoir
profond que l'héroïque enfant domine d'une
petite plate-forme où elle est arrivée sur ses
genoux et dans l'obscurité.

Car son flambeau s'est éteint. Un coup de
vent furieux a précédé l'irruption de la masse
d'eau. Consuelo s'est laissée tomber sur la
dernière marche, soutenue jusque là par l'in-

stinct conservateur de la vie, mais ignorant encore si elle est sauvée, si ce fracas de la cataracte est un nouveau désastre qui va l'atteindre, et si cette pluie froide qui en rejaillit jusqu'à elle, et qui baigne ses cheveux, est la main glacée de la mort qui s'étend sur sa tête.

Cependant le réservoir se remplit peu à peu, jusqu'à d'autres déversoirs plus profonds, qui emportent encore au loin dans les entrailles de la terre le courant de la source abondante. Le bruit diminue ; les vapeurs se dissipent ; un murmure sonore, mais plus harmonieux qu'effrayant, se répand dans les cavernes. D'une main convulsive, Consuelo est parvenue à rallumer son flambeau. Son cœur frappe encore violemment sa poitrine ; mais son courage s'est ranimé. A genoux, elle remercie Dieu et sa mère. Elle examine enfin le lieu où elle se trouve, et promène la clarté vacillante de sa lanterne sur les objets environnants.

Une vaste grotte creusée par la nature sert de voûte à un abîme que la source lointaine du Schreckenstein alimente, et où elle se perd dans les entrailles du rocher. Cet abîme est si profond qu'on ne voit plus l'eau qu'il engouffre ; mais quand on y jette une pierre, elle roule pendant deux minutes, et produit en s'y plongeant une explosion semblable à celle du canon. Les échos de la caverne le répètent longtemps, et le clapotement sinistre de l'eau invisible dure plus longtemps encore. On dirait les aboiements de la meute infernale. Sur une des parois de la grotte, un sentier étroit et difficile, taillé dans le roc, côtoie le précipice, et s'enfonce dans une nouvelle galerie ténébreuse, où le travail de l'homme cesse entièrement, et qui se détourne des courants d'eau et de leur chute,

en remontant vers des régions plus élevées.

C'est la route que Consuelo doit prendre.
Il n'y en a point d'autre : l'eau a fermé et
rempli entièrement celle qu'elle vient de suivre. Il est impossible d'attendre dans la grotte
le retour de Zdenko. L'humidité en est mortelle, et déjà le flambeau pâlit, pétille et menace de s'éteindre sans pouvoir se rallumer.

Consuelo n'est point paralysée par l'horreur
de cette situation. Elle pense bien qu'elle
n'est plus sur la route du Schreckenstein. Ces
galeries souterraines qui s'ouvrent devant
elles sont un jeu de la nature, et conduisent
à des impasses ou à un labyrinthe dont elle
e retrouvera jamais l'issue. Elle s'y hasar-
dera pourtant, ne fût-ce que pour trouver
un asile plus sain jusqu'à la nuit prochaine.
La nuit prochaine, Zdenko reviendra ; il ar-
rêtera le courant, la galerie sera vidée, et la

captive pourra revenir sur ses pas et revoir
la lumière des étoiles.

Consuelo s'enfonça donc dans les mystères
du souterrain avec un nouveau courage, at-
tentive cette fois à tous les accidents du sol,
et s'attachant à suivre toujours les pentes
ascendantes, sans se laisser détourner par les
galeries en apparence plus spacieuses et plus
directes qui s'offraient à chaque instant. De
cette manière elle était sûre de ne plus rencontrer de courants d'eau, et de pouvoir revenir sur ses pas.

Elle marchait au milieu de mille obstacles :
des pierres énormes encombraient sa route,
et déchiraient ses pieds ; des chauve-souris
gigantesques, arrachées de leur morne sommeil par la clarté de la lanterne, venaient
par bataillons s'y frapper, et tourbillonner
comme des esprits de ténèbres autour de la
voyageuse. Après les premières émotions de

la surprise, à chaque nouvelle terreur, elle
sentait grandir son courage. Quelquefois elle
gravissait d'énormes blocs de pierre détachés
d'immenses voûtes crevassées, qui mon-
traient d'autres blocs menaçants, retenus à
peine dans leurs fissures élargies à vingt
pieds au dessus de sa tête; d'autres fois la
voûte se resserrait et s'abaissait au point
que Consuelo était forcée de ramper dans un
air rare et brûlant pour s'y frayer un passage.
Elle marchait ainsi depuis une demi-heure,
lorsqu'au détour d'un angle resserré, où son
corps svelte et souple eut de la peine à passer, elle retomba de Charibde en Scylla, en
se trouvant face à face avec Zdenko : Zdenko
d'abord pétrifié de surprise et glacé de terreur, bientôt indigné, furieux et menaçant
comme elle l'avait déjà vu.

Dans ce labyrinthe, parmi ces obstacles
sans nombre, à la clarté vacillante d'un

flambeau que le manque d'air étouffait à
chaque instant, la fuite était impossible. Consuelo songea à se défendre corps à corps
contre une tentative de meurtre. Les yeux
égarés, la bouche écumante de Zdenko, annonçaient assez qu'il ne s'arrêterait pas cette
fois à la menace. Il prit tout à coup une
résolution étrangement féroce : il se mit à
ramasser de grosses pierres, et à les placer
l'une sur l'autre, entre lui et Consuelo, pour
murer l'étroite galerie où elle se trouvait. De
cette manière, il était sûr qu'en ne vidant
plus la citerne durant plusieurs jours, il la
ferait périr de faim, comme l'abeille qui en-
ferme le frélon indiscret dans sa cellule, en
apposant une cloison de cire à l'entrée.

Mais c'était avec du granit que Zdenko bâtissait, et il s'en acquittait avec une rapidité
prodigieuse. La force athlétique que cet
homme si maigre, et en apparence si débile,

trahissait en ramassant et en arrangeant ces
blocs, prouvait trop bien à Consuelo que la
résistance était impossible , et qu'il valait
mieux espérer de trouver une autre issue en
retournant sur ses pas, que de se porter aux
dernières extrémités en l'irritant. Elle essaya
de l'attendrir, de le persuader et de le domi-
ner par ses paroles. Zdenko, lui disait-elle,
que fais-tu là, insensé? Albert te reprochera
ma mort. Albert m'attend et m'appelle. Je
suis son amie, sa consolation et son salut. Tu
perds ton ami et ton frère en me perdant.

Mais Zdenko, craignant de se laisser ga-
gner, et résolu de continuer son œuvre, se
mit à chanter dans sa langue sur un air vif
et animé, tout en bâtissant d'une main active et légère son mur cyclopéen.

Une dernière pierre manquait pour assurer l'édifice. Consuelo le regardait faire avec
consternation. Jamais, pensait-elle, je ne

pourrai démolir ce mur. Il me faudrait les
mains d'un géant. La dernière pierre fut posée, et bientôt elle s'aperçut que Zdenko en
bâtissait un second, adossé au premier.
C'était toute une carrière, toute une forteresse qu'il allait entasser entre elle et Albert.
Il chantait toujours, et paraissait prendre un
plaisir extrême à son ouvrage.

Une inspiration merveilleuse vint enfin à
Consuelo. Elle se rappela la fameuse formule
hérétique qu'elle s'était fait expliquer par
Amélie, et qui avait tant scandalisé le chapelain. Zdenko! s'écria-t-elle en bohémien,
à travers une des fentes du mur mal joint
qui la séparait déjà de lui ; ami Zdenko, *que
celui à qui on a fait tort te salue !*

A peine cette parole fut-elle prononcée,
qu'elle opéra sur Zdenko comme un charme
magique ; il laissa tomber l'énorme bloc qu'il
tenait, en poussant un profond soupir, et il se

mit à démolir son mur avec plus de promptitude encore qu'il ne l'avait élevé; puis,
tendant la main à Consuelo, il l'aida en silence à franchir cette ruine, après quoi il la
regarda attentivement, soupira étrangement, et, lui remettant trois clefs liées ensemble par un ruban rouge, il lui montra le chemin devant elle, en lui disant : — Que celui à
qui on a fait tort te salue !

— Ne veux-tu pas me servir de guide ?
lui dit-elle. Conduis-moi vers ton maître. —
Zdenko secoua la tête en disant : — Je n'ai
pas de maître, j'avais un ami. Tu me le
prends. La destinée s'accomplit. Va où Dieu
te pousse; moi, je vais pleurer ici jusqu'à ce
que tu reviennes.

Et, s'asseyant sur les décombres, il mit sa tête
dans ses mains, et ne voulut plus dire un mot.

Consuelo ne s'arrêta pas longtemps pour
le consoler. Elle craignait le retour de sa fu-

reur; et, profitant de ce moment où elle le
tenait en respect, certaine enfin d'être sur la
route du Schreckenstein, elle partit comme
un trait. Dans sa marche incertaine et pénible, Consuelo n'avait pas fait beaucoup de
chemin ; car Zdenko, se dirigeant par une
route beaucoup plus longue mais inaccessible
à l'eau, s'était rencontré avec elle au point
de jonction des deux souterrains, qui faisaient, l'un par un détour bien ménagé, et
creusé de main d'homme dans le roc, l'autre,
affreux, bizarre, et plein de dangers, le tour
du château, de ses vastes dépendances, et de
la colline sur laquelle il était assis. Consuelo
ne se doutait guère qu'elle était en cet instant sous le parc, et cependant elle en fran-
chissait les grilles et les fossés par une voie
que toutes les clefs et toutes les précautions
de la chanoinesse ne pouvaient plus lui fermer. Elle eut la pensée, au bout de quelque

trajet sur cette nouvelle route, de retourner
sur ses pas, et de renoncer à une entreprise
déjà si traversée, et qui avait failli lui devenir
si funeste. De nouveaux obstacles l'atten-
daient peut-être encore. Le mauvais vouloir de
Zdenko pouvait se réveiller. Et s'il allait courir après elle? s'il allait élever un nouveau
mur pour empêcher son retour? Au lieu
qu'en abandonnant son projet, en lui demandant de lui frayer le chemin vers la citerne, et
de remettre cette citerne à sec pour qu'elle pût
monter, elle avait de grandes chances pour
le trouver docile et bienveillant. Mais elle
était encore trop sous l'émotion du moment
pour se résoudre à revoir ce fantasque personnage. La peur qu'il lui avait causée aug-
mentait à mesure qu'elle s'éloignait de lui ;
et après avoir affronté sa vengeance avec une
présence d'esprit miraculeuse, elle faiblis-
sait en se la représentant. Elle fuyait donc

devant lui, n'ayant plus le courage de tenter
ce qu'il eût fallu faire pour se le rendre favorable, et n'aspirant qu'à trouver une de ces
portes magiques dont il lui avait cédé les
clefs, afin de mettre une barrière entre elle
et le retour de sa démence.

Mais n'allait-elle pas trouver Albert, cet
autre fou qu'elle s'était obstinée témérairé-
ment à croire doux et traitable, dans une
position analogue à celle de Zdenko envers
elle? Il y avait un voile épais sur toute cette
aventure; et, revenue de l'attrait romanesque qui avait contribué à l'y pousser, Consuelo se demandait si elle n'était pas la plus
folle des trois, de s'être précipitée dans cet
abîme de dangers et de mystères, sans être
sûre d'un résultat favorable et d'un succès
fructueux.

Cependant elle suivait un souterrain spa-
cieux et admirablement creusé par les fortes

mains des hommes du moyen-âge. Tous les rochers étaient percés par un entaillement ogival surbaissé avec beaucoup de carac- tére et de régularité. Les portions moins compactes, les veines crayeuses du sol, tous les endroits où l'éboulement eût été possible, étaient soutenus par une construction en pierre de taille à rinceaux croisés, que liaient ensemble des clefs de voûte quadrangulai- res en granit. Consuelo ne perdait pas son temps à admirer ce travail immense exécuté avec une solidité qui défiait encore bien des siècles. Elle ne se demandait pas non plus comment les possesseurs actuels du château pouvaient ignorer l'existence d'une construc- tion si importante. Elle eût pu se l'expliquer en se rappelant que tous les papiers histori- ques de cette famille et de cette propriété avaient été détruits plus de cent ans aupara- uites, à l'époque

forme en Bohême; mais elle ne regardait
plus autour d'elle, et ne pensait presque
plus qu'à son propre salut, satisfaite seulement de trouver un sol uni, un air respira-
ble, et un libre espace pour courir. Elle avait
encore assez de chemin à faire, quoique
cette route directe vers le Schreckenstein fût
beaucoup plus courte que le sentier tortueux
de la montagne. Elle le trouvait bien long;
et, ne pouvant plus s'orienter, elle ignorait
même si cette route la conduisait au Schreckenstein ou à un terme beaucoup plus éloi-
gné de son expédition.

Au bout d'un quart d'heure de marche,
elle vit de nouveau la voûte s'élever, et le
travail de l'architecte cesser entièrement.
C'était pourtant encore l'ouvrage des hommes que ces vastes carrières, ces grottes ma-
jestueuses qu'il lui fallait traverser. Mais
envahies par la végétation, et recevant l'air

extérieur par de nombreuses fissures, elles
avaient un aspect moins sinistre que les galeries. Il y avait là mille moyens de se cacher
et de se soustraire aux poursuites d'un adversaire irrité. Mais un bruit d'eau courante
vint faire tressaillir Consuelo; et si elle eût
pu plaisanter dans une pareille situation,
elle se fût avoué à elle-même que jamais le
baron Frédérick, au retour de la chasse,
n'avait eu plus d'horreur de l'eau qu'elle n'en
éprouvait en cet instant.

Cependant elle fit bientôt usage de sa raison. Elle n'avait fait que monter depuis
qu'elle avait quitté le précipice, au moment
d'être submergée. A moins que Zdenko n'eût
à son service une machine hydraulique d'une
puissance et d'une étendue incompréhensibles, il ne pouvait pas faire remonter vers
elle son terrible auxiliaire, le torrent. Il était
bien évident d'ailleurs qu'elle devait ren-

contrer quelque part le courant de la source,
l'écluse, ou la source elle-même ; et si elle
eût pu réfléchir davantage, elle se fût étonnée de n'avoir pas encore trouvé sur son
chemin cette onde mystérieuse, cette source
des Pleurs qui alimentait la citerne.

C'est que la source avait son courant dans
les veines inconnues des montagnes, et que
la galerie, coupant à angle droit, ne la rencontrait qu'aux approches de la citerne
d'abord, et ensuite sous le Schreckenstein,
ainsi qu'il arriva enfin à Consuelo. L'écluse
était donc loin derrière elle, sur la route que
Zdenko avait parcourue seul, et Consuelo approchait de cette source, que depuis des siècles aucun autre homme qu'Albert ou Zdenko
n'avait vue. Elle eut bientôt rejoint le courant, et cette fois elle le cotoya sans terreur
et sans danger.

Un sentier de sable frais et fin remontait

le cours de cette eau limpide et transparente, qui courait avec un bruit généreux dans un lit convenablement encaissé. Là, reparaissait le travail de l'homme. Ce sentier était relevé en talus dans des terres fraîches et fertiles; car de belles plantes aquatiques, des pariétaires énormes, des ronces sauvages fleuries dans ce lieu abrité, sans souci de la rigueur de la saison, bordaient le torrent d'une marge verdoyante. L'air extérieur pénétrait par une multitude de fentes et de crevasses suffisantes pour entretenir la vie de la végétation, mais trop étroites pour laisser passage à l'œil curieux qui les aurait cherchées du dehors. C'était comme une serre-chaude naturelle, préservée par ses voûtes du froid et des neiges, mais suffisamment aérée par mille soupiraux imperceptibles. On eût dit qu'un soin complaisant avait protégé la vie de ces belles plantes, et débarrassé le sable que le torrent

rejetait sur ces rives des graviers qui offen-
sent le pied ; et on ne se fût pas trompé
dans cette supposition. C'était Zdenko qui
avait rendu gracieux, faciles et sûrs les abords
de la retraite d'Albert.

Consuelo commençait à ressentir l'influence
bienfaisante qu'un aspect moins sinistre et
déjà poétique des objets extérieurs produisait sur son imagination bouleversée par de
cruelles terreurs. En voyant les pâles rayons
de la lune se glisser çà et là dans les fentes
des roches, et se briser sur les eaux tremblot-
tantes, en sentant l'air de la forêt frémir par
intervalles sur les plantes immobiles que l'eau
n'atteignait pas, en se sentant toujours plus
près de la surface de la terre, elle se sentait
renaître, et l'accueil qui l'attendait au terme
de son héroïque pèlerinage, se peignait dans
son esprit sous des couleurs moins sombres.
Enfin, elle vit le sentier se détourner brus-

quement de la rive, entrer dans une courte galerie maçonnée fraîchement, et finir à une petite porte qui semblait de métal, tant elle était froide, et qu'encadrait gracieusement un grand lierre terrestre.

Quand elle se vit au bout de ses fatigues et de ses irrésolutions, quand elle appuya sa main épuisée sur ce dernier obstacle, qui pouvait céder à l'instant même, car elle tenait la clef de cette porte dans son autre main, Consuelo hésita et sentit une timidité plus difficile à vaincre que toutes ses terreurs. Elle allait donc pénétrer seule dans un lieu fermé à tout regard, à toute pensée humaine, pour y surprendre le sommeil ou la rêverie d'un homme qu'elle connaissait à peine ; qui n'était ni son père, ni son frère, ni son époux ; qui l'aimait peut-être, et qu'elle ne pouvait ni ne voulait aimer. Dieu m'a entraînée et conduite ici, pensait-elle, au milieu des plus

épouvantables périls. C'est par sa volonté
plus encore que par sa protection que j'y suis
parvenue. J'y viens avec une âme fervente,
une résolution pleine de charité, un cœur
tranquille, une conscience pure, un désinté-
ressement à toute épreuve. C'est peut-être
la mort qui m'y attend, et cependant cette
pensée ne m'effraie pas. Ma vie est désolée,
et je la perdrais sans trop de regrets ; je l'ai
éprouvé il n'y a qu'un instant, et depuis une
heure je me vois dévouée à un affreux trépas
avec une tranquillité à laquelle je ne m'étais
point préparée. C'est peut-être une grâce que
Dieu m'envoie à mon dernier moment. Je
vais tomber peut-être sous les coups d'un
furieux, et je marche à cette catastrophe
avec la fermeté d'un martyr. Je crois ardemment à la vie éternelle, et je sens que si je
péris ici, victime d'un dévouement inutile
peut-être, mais profondément religieux, je

serai récompensée dans une vie plus heureuse. Qui m'arrête? et pourquoi éprouvé-je
donc un trouble inexprimable, comme si
j'allais commettre une faute et rougir devant
celui que je viens sauver?

C'est ainsi que Consuelo, trop pudique pour
bien comprendre sa pudeur, luttait contre
elle-même, et se faisait presque un reproche
de la délicatesse de son émotion. Il ne lui venait cependant pas à l'esprit qu'elle pût courir des dangers plus affreux pour elle que celui de la mort. Sa chasteté n'admettait pas
la pensée qu'elle pût devenir la proie des pas-
sions brutales d'un insensé. Mais elle éprouvait instinctivement la crainte de paraître
obéir à un sentiment moins élevé, moins divin que celui dont elle était animée. Elle mit
pourtant la clef dans la serrure; mais elle
essaya plus de dix fois de l'y faire tourner
sans pouvoir s'y résoudre. Une fatigue acca-

blante, une défaillance extrême de tout son être, achevaient de lui faire perdre sa résolution au moment d'en recevoir le prix : sur la terre, par un grand acte de charité ; dans le ciel, par une mort sublime.

# 8

Cependant elle prit son parti. Elle avait trois clefs. Il y avait donc trois portes et deux pièces à traverser avant celle où elle supposait Albert prisonnier. Elle aurait encore le temps de s'arrêter, si la force lui manquait.

Elle pénétra dans une salle voûtée, qui
n'offrait d'autre ameublement qu'un lit de
fougère sèche sur lequel était jetée une peau
de mouton. Une paire de chaussures à l'ancienne mode, dans un délabrement remar-
quable, lui servit d'indice pour reconnaître
la chambre à coucher de Zdenko. Elle reconnut aussi le petit panier qu'elle avait porté
rempli de fruits sur la pierre d'Épouvante,
et qui, au bout de deux jours, en avait enfin
disparu. Elle se décida à ouvrir la seconde
porte, après avoir refermé la première avec
soin ; car elle songeait toujours avec effroi au
retour possible du possesseur farouche de
cette demeure. La seconde pièce où elle entra était voûtée comme la première, mais les
murs étaient revêtus de nattes et de claies
garnies de mousse. Un poêle y répandait une
chaleur suffisante, et c'était sans doute le
tuyau creusé dans le roc qui produisait au

sommet du Schreckenstein cette lueur fugitive que Consuelo avait observée. Le lit d'Albert était, comme celui de Zdenko, formé
d'un amas de feuilles et d'herbes desséchées;
mais Zdenko l'avait couvert de magnifiques
peaux d'ours, en dépit de l'égalité absolue
qu'Albert exigeait dans leurs habitudes, et
que Zdenko acceptait en tout ce qui ne cha-
grinait pas la tendresse passionnée qu'il lui
portait et la préférence de sollicitude qu'il
lui donnait sur lui-même. Consuelo fut reçue dans cette chambre par Cynabre, qui,
en entendant tourner la clef dans la serrure,
s'était posté sur le seuil, l'oreille dressée et
l'œil inquiet. Mais Cynabre avait reçu de son
maître une éducation particulière : c'était
un ami, et non pas un gardien. Il lui avait
été si sévèrement interdit dès son enfance de
hurler et d'aboyer, qu'il avait perdu tout à
fait cette habitude naturelle aux êtres de son

espèce. Si on eût approché d'Albert avec des in-
tentions malveillantes, il eût retrouvé la voix;
si on l'eût attaqué, il l'eût défendu avec fureur.
Mais prudent et circonspect comme un soli-
taire, il ne faisait jamais le moindre bruit sans
être sûr de son fait, et sans avoir examiné et
flairé les gens avec attention. Il approcha de
Consuelo avec un regard pénétrant qui avait
quelque chose d'humain, respira son vête-
ment et surtout sa main qui avait tenu longtemps les clefs touchées par Zdenko; et,
complètement rassuré par cette circonstance,
il s'abandonna au souvenir bienveillant qu'il
avait conservé d'elle, en lui jetant ses deux
grosses pattes velues sur les épaules, avec
une joie affable et silencieuse, tandis qu'il
balayait lentement la terre de sa queue superbe. Après cet accueil grave et honnête, il
alla se recoucher sur le bord de la peau
d'ours qui couvrait le lit de son maître, et s'y

étendit avec la nonchalance de la vieillesse,
non sans suivre des yeux pourtant tous les
pas et tous les mouvements de Consuelo.

Avant d'oser approcher de la troisième
porte, Consuelo jeta un regard sur l'arrangement de cet ermitage, afin d'y chercher quelque révélation sur l'état moral de l'homme
qui l'occupait. Elle n'y trouva aucune trace
de démence ni de désespoir. Une grande pro
preté, une sorte d'ordre y régnait. Il y avait
un manteau et des vêtements de rechange
accrochés à des cornes d'auroch, curiosités
qu'Albert avait rapportées du fond de la Li-
thuanie, et qui servaient de porte-manteaux.
Ses livres nombreux étaient bien rangés sur
une bibliothèque en planches brutes, que
soutenaient de grosses branches artistement
agencées par une main rustique et intelligente. La table, les deux chaises, étaient de
la même matière et du même travail. Un

herbier et des livres de musique anciens,
tout à fait inconnus à Consuelo, avec des
titres et des paroles slaves, achevaient de
révéler les habitudes paisibles, simples et
studieuses de l'anachorète. Une lampe de
fer, curieuse par son antiquité, était sus-
pendue au milieu de la voûte, et brûlait dans
l'éternelle nuit de ce sanctuaire mélancolique.

Consuelo remarqua encore qu'il n'y avait
aucune arme dans ce lieu. Malgré le goût des
riches habitants de cés forêts pour la chasse
et pour les objets de luxe qui en accompa-
gnent le divertissement, Albert n'avait pas
un fusil, pas un couteau; et son vieux chien
n'avait jamais appris la *grande science*, en raison de quoi Cynabre était un sujet de mépris
et de pitié pour le baron Frédérik. Albert
avait horreur du sang; et quoiqu'il parût
jouir de la vie moins que personne, il avait

pour l'idée de la vie en général un respect religieux et sans bornes. Il ne pouvait ni donner ni voir donner la mort, même aux derniers animaux de la création. Il eût aimé toutes les sciences naturelles ; mais il s'arrêtait à la minéralogie et à la botanique. L'entomologie lui paraissait déjà une science trop cruelle, et il n'eût jamais pu sacrifier la vie d'un insecte à sa curiosité.

Consuelo savait ces particularités. Elle se les rappelait en voyant les attributs des innocentes occupations d'Albert. Non, je n'aurai pas peur, se disait-elle, d'un être si doux et si pacifique. Ceci est la cellule d'un saint, et non le cachot d'un fou. Mais plus elle se rassurait sur la nature de sa maladie mentale, plus elle se sentait troublée et confuse. Elle regrettait presque de ne point trouver là un aliéné, ou un moribond ; et la certitude de se

présenter à un homme véritable la faisait
hésiter de plus en plus.

Elle rêvait depuis quelques minutes, ne
sachant comment s'annoncer, lorsque le son
d'un admirable instrument vint frapper son
oreille : c'était un Stradivarius chantant un
air sublime de tristesse et de grandeur sous
une main pure et savante. Jamais Consuelo
n'avait entendu un violon si parfait, un vir-
tuose si touchant et si simple. Ce chant lui
était inconnu ; mais à ses formes étranges et
naïves, elle jugea qu'il devait être plus ancien
que toute l'ancienne musique qu'elle connaissait. Elle écoutait avec ravissement, et
s'expliquait maintenant pourquoi Albert l'a-
vait si bien comprise dès la première phrase
qu'il lui avait entendu chanter. C'est qu'il
avait la révélation de la vraie, de la grande
musique. Il pouvait n'être pas savant à tous
égards, il pouvait ne pas connaître les res-

sources éblouissantes de l'art; mais il avait
en lui le souffle divin, l'intelligence et l'a-
mour du beau. Quand il eut fini, Consuelo,
rassurée entièrement et animée d'une sympathie plus vive, allait se hasarder à frapper à la porte qui la séparait encore de lui,
lorsque cette porte s'ouvrit lentement, et
elle vit le jeune comte s'avancer la tête penchée, les yeux baissés vers la terre, avec son
violon et son archet dans ses mains pendan-
tes. Sa pâleur était effrayante, ses cheveux
et ses habits dans un désordre que Consuelo
n'avait pas encore vu. Son air préoccupé, son
attitude brisée et abattue, la nonchalance
désespérée de ses mouvements, annonçaient,
sinon l'aliénation complète, du moins le désordre et l'abandon de la volonté humaine.
On eût dit un de ces spectres muets et privés
de mémoire, auxquels croient les peuples
slaves, qui entrent machinalement la nuit

dans les maisons, et que l'on voit agir sans
suite et sans but, obéir comme par instinct
aux anciennes habitudes de leur vie, sans
reconnaître et sans voir leurs amis et leurs
serviteurs terrifiés qui fuient ou les regar-
dent en silence, glacés par l'étonnement et
la crainte.

Telle fut Consuelo en voyant le comte Albert, et en s'apercevant qu'il ne la voyait pas,
bien qu'elle fût à deux pas de lui. Cynabre
s'était levé, il léchait la main de son maître.
Albert lui dit quelques paroles amicales
en bohémien ; puis, suivant du regard les
mouvements du chien qui reportait ses dis-
crètes caresses vers Consuelo, il regarda attentivement les pieds de cette jeune fille qui
étaient chaussés à peu près en ce moment
comme ceux de Zdenko, et, sans lever la tête,
il lui dit en bohémien quelques paroles
qu'elle ne comprit pas, mais qui semblaient

une demande et qui se terminaient par son nom.

En le voyant dans cet état, Consuelo sentit disparaître sa timidité. Tout entière à la compassion, elle ne vit plus que le malade à l'âme déchirée qui l'appelait encore sans la reconnaître; et, posant sa main sur le bras du jeune homme avec confiance et fermeté, elle lui dit en espagnol de sa voix pure et pénétrante : Voici Consuelo.

**9**

A peine Consuelo se fut-elle nommée,
que le comte Albert, levant les yeux et la
regardant au visage, changea tout à coup
d'attitude et d'expression. Il laissa tomber à
terre son précieux violon avec autant d'indifférence que s'il n'en eût jamais connu l'u-

sage, et joignant les mains avec un air d'attendrissement profond et de respectueuse
douleur : C'est donc enfin toi que je revois
dans ce lieu d'exil et de souffrance, ô ma
pauvre Wanda! s'écria-t-il en poussant un
soupir qui semblait briser sa poitrine. Chère!
chère et malheureuse sœur! victime infortunée que j'ai vengée trop tard, et que je
n'ai pas su défendre! Ah! tu le sais, toi, l'in-
fâme qui t'a outragée a péri dans les tour-
ments, et ma main s'est impitoyablement
baignée dans le sang de ses complices. J'ai
ouvert la veine profonde de l'Église maudite.
J'ai lavé ton affront, le mien, et celui de mon
peuple, dans des fleuves de sang. Que veux-
tu de plus, âme inquiète et vindicative? Le
temps du zèle et de la colère est passé ; nous
voici aux jours du repentir et de l'expiation.
Demande-moi des larmes et des prières ; ne
me demande plus du sang. J'ai horreur du

sang désormais, et je n'en veux plus répandre! Non, non, pas une seule goutte! Jean Zyska ne remplira plus son calice que de pleurs inépuisables et de sanglots amers.

En parlant ainsi avec des yeux égarés et des traits animés par une exaltation soudaine, Albert tournait autour de Consuelo, et reculait avec une sorte d'épouvante chaque fois qu'elle faisait un mouvement pour arrêter cette bizarre conjuration.

Il ne fallut pas à Consuelo de longues réflexions pour comprendre la tournure que prenait la démence de son hôte. Elle s'était fait assez souvent raconter l'histoire de Jean Zyska pour savoir qu'une sœur de ce redoutable fanatique, religieuse avant l'explosion de la guerre hussite, avait péri de douleur et de honte dans son couvent, outragée par un moine abominable, et que la vie de Zyska avait été une longue et solennelle vengeance de ce crime. Dans ce moment, Albert, ramené, par je ne sais quelle transition d'idées, à sa fantaisie dominante, se croyait Jean Zyska et s'adressait à elle comme à l'ombre de Wanda, sa sœur infortunée.

Elle résolut de ne point contrarier brusquement son illusion :

Albert, lui dit-elle, car ton nom n'est plus Jean, de même que le mien n'est plus Wanda, regarde - moi bien , et reconnais que j'ai changé, ainsi que toi, de visage et de caractère. Ce que tu viens de me dire, je venais pour te le rappeler. Oui, le temps du zèle et de la fureur est passé. La justice humaine est plus que satisfaite, et c'est le jour de la justice divine que je t'annonce maintenant. Dieu nous commande le pardon et l'oubli. Ces souvenirs funestes, cette obstination à exercer en toi une faculté qu'il n'a point donnée aux autres hommes, cette mémoire scrupuleuse et farouche que tu gardes de tse existences antérieures, Dieu s'en offense et te la retire, parce que tu en as abusé. M'entends-tu, Albert, et me comprends-tu maintenant?

—O ma mère! répondit Albert pâle et tremblant, en tombant sur ses genoux et en regardant toujours Consuelo avec un effroi extraordinaire, je vous entends, et je comprends vos paroles. Je vois que vous vous transformez, pour me convaincre et me soumettre. Non, vous n'êtes plus la Wanda de Zyska, la vierge outragée, la religieuse gémissante. Vous êtes Wanda de Prachatitz, que les hommes ont appelée comtesse de Rudolstadt, et qui a porté dans son sein l'infortuné qu'ils appellent aujourd'hui Albert.

— Ce n'est point par le caprice des hommes que vous vous appelez ainsi, reprit Consuelo avec fermeté; car c'est Dieu qui

vous a fait revivre dans d'autres conditions
et avec de nouveaux devoirs. Ces devoirs,
vous ne les connaissez pas, Albert, ou vous
les méprisez. Vous remontez le cours des
âges avec un orgueil impie; vous aspirez à
pénétrer les secrets de la destinée; vous
croyez vous égaler à Dieu, en embrassant
d'un coup d'œil et le présent et le passé. Moi,
je vous le dis; et c'est la vérité, c'est la foi
qui m'inspirent : cette pensée rétrograde est
un crime et une témérité. Cette mémoire
surnaturelle que vous vous attribuez est une
illusion. Vous avez pris quelques lueurs vagues et fugitives pour la certitude, et votre
imagination vous a trompé. Votre orgueil a
bâti un édifice de chimères, lorsque vous
vous êtes attribué les plus grands rôles dans
l'histoire de vos ancêtres. Prenez garde de
n'être point ce que vous croyez. Craignez
que, pour vous punir, la science éternelle ne

vous ouvre les yeux un instant, et ne vous fasse voir dans votre vie antérieure des fautes moins illustres et des sujets de remords moins glorieux que ceux dont vous osez vous vanter.

Albert écouta ce discours avec un recueillement craintif, le visage dans ses mains, et les genoux enfoncés dans la terre. — Parlez, parlez, voix du ciel que j'entends et que je ne reconnais plus, murmura-t-il en accents étouffés. Si vous êtes l'ange de la montagne, si vous êtes, comme je le crois, la figure céleste qui m'est apparue si souvent sur la pierre d'Épouvante , parlez; commandez à ma volonté, à ma conscience, à mon imagination. Vous savez bien que je cherche la lumière avec angoisse, et que si je m'égare dans les ténèbres, c'est à force de vouloir les dissiper pour vous atteindre.

--- Un peu d'humilité , de confiance et de

soumission aux arrêts éternels de la science
incompréhensible aux hommes, voilà le chemin de la vérité pour vous, Albert. Renon-
cez dans votre âme, et renoncez-y ferme-
ment, une fois pour toutes, à vouloir vous
connaître au delà de cette existence passagère qui vous est imposée ; et vous redevien-
drez agréable à Dieu, utile aux autres hommes, tranquille avec vous-même. Abaissez
votre science superbe ; et sans perdre la foi
à votre immortalité, sans douter de la bonté
divine qui pardonne au passé et protège
l'avenir, attachez-vous à rendre féconde et
humaine cette vie présente que vous méprisez, lorsque vous devriez la respecter et
vous y donner tout entier, avec votre force,
votre abnégation et votre charité. Maintenant, Albert, regardez-moi, et que vos yeux
soient dessillés. Je ne suis plus ni votre

sœur, ni votre mère; je suis une amie que
le ciel vous a envoyée, et qu'il a conduite ici
par des voies miraculeuses pour vous arracher à l'orgueil et à la démence. Regardez-
moi, et dites-moi, dans votre âme et conscience, qui je suis, et comment je m'appelle.

Albert, tremblant et éperdu, leva la tête,
et la regarda encore, mais avec moins d'é-
garement et de terreur que les premières fois.
— Vous me faites franchir des abîmes, lui
dit-il; vous confondez par des paroles profondes ma raison, que je croyais supérieure
(pour mon malheur) à celle des autres
hommes, et vous m'ordonnez de connaître et
de comprendre le temps présent et les choses
humaines. Je ne le puis. Pour perdre la mémoire de certaines phases de ma vie, il faut
que je subisse des crises terribles; et, pour
retrouver le sentiment d'une phase nouvelle,

il faut que je me transforme par des efforts
qui me conduisent à l'agonie. Si vous m'ordonnez, au nom d'une puissance que je sens
supérieure à la mienne, d'assimiler ma pensée à la vôtre, il faut que j'obéisse; mais je
connais ces luttes épouvantables, et je sais
que la mort est au bout. Ayez pitié de moi,
vous qui agissez sur moi par un charme sou-
verain; aidez-moi, ou je succombe. Dites-moi
qui vous êtes, car je ne vous connais pas. Je
ne me souviens pas de vous avoir jamais vue:
je ne sais de quel sexe vous êtes, et vous
voilà devant moi comme une statue mystérieuse dont j'essaie vainement de retrouver
le type dans mes souvenirs. Aidez-moi, aidez-
moi, car je me sens mourir.

En parlant ainsi, Albert, dont le visage
s'était d'abord coloré d'un éclat fébrile, rede-
vint d'une pâleur effrayante. Il étendit les
mains vers Consuelo; mais il les abaissa

aussitôt vers la terre pour se soutenir, comme
atteint d'une irrésistible défaillance.

Consuelo, en s'initiant peu à peu aux secrets de sa maladie mentale, se sentit vivifiée
et comme inspirée par une force et une intelligence nouvelles. Elle lui prit les mains,
et, le forçant de se relever, elle le conduisit
vers le siège qui était auprès de la table. Il
s'y laissa tomber, accablé d'une fatigue
inouïe, et se courba en avant comme s'il eût
été près de s'évanouir. Cette lutte dont il
parlait n'était que trop réelle. Albert avait
la faculté de retrouver sa raison et de re-
pousser les suggestions de la fièvre qui dé-
vorait son cerveau ; mais il n'y parvenait pas
sans des efforts et des souffrances qui épui-
saient ses organes. Quand cette réaction s'o-
pérait d'elle-même, il en sortait rafraîchi et
comme renouvelé ; mais, quand il la provo-
quait par une résolution de sa volonté encore

puissante, son corps succombait sous la crise,
et la catalepsie s'emparait de tous ses membres. Consuelo comprit ce qui se passait en
lui : — Albert, lui dit-elle en posant sa main
froide sur cette tête brûlante, je vous connais, et cela suffit. Je m'intéresse à vous, et
cela doit vous suffire aussi quant à présent.
Je vous défends de faire aucun effort de volonté pour me reconnaître et me parler.
Écoutez-moi seulement; et si mes paroles
vous semblent obscures, attendez que je
m'explique, et ne vous pressez pas d'en savoir le sens. Je ne vous demande qu'une soumission passive et l'abandon entier de votre
réflexion. Pouvez-vous descendre dans votre
cœur, et y concentrer toute votre existence?

— Oh! que vous me faites de bien! répondit Albert. Parlez-moi encore, parlez-moi
toujours ainsi. Vous tenez mon âme dans vos
mains. Qui que vous soyez, gardez-la, et ne

la laissez point s'échapper; car elle irait
frapper aux portes de l'éternité, et s'y brise-
rait. Dites-moi qui vous êtes, dites-le moi
bien vite; et, si je ne le comprends pas,
expliquez-le moi : car, malgré moi, je le
cherche et je m'agite.

— Je suis Consuelo, répondit la jeune fille,
et vous le savez, puisque vous me parlez
d'instinct une langue que seule autour de
vous je puis comprendre. Je suis une amie
que vous avez attendue longtemps, et que
vous avez reconnue un jour qu'elle chantait.
Depuis ce jour-là, vous avez quitté votre famille, et vous êtes venu vous cacher ici. Depuis ce jour, je vous ai cherché; et vous m'a-
vez fait appeler par Zdenko à diverses reprises,
sans que Zdenko, qui exécutait vos ordres à
certains égards, ait voulu me conduire vers
vous. J'y suis parvenue à travers mille dangers...

— Vous n'avez pas pu y parvenir si Zdenko
ne l'a pas voulu, reprit Albert en soulevant
son corps appesanti et affaissé sur la table.
Vous êtes un rêve, je le vois bien, et tout
ce que j'entends là se passe dans mon imagination. O mon Dieu! vous me bercez de
joies trompeuses, et tout à coup le désordre
et l'incohérence de mes songes se révèlent à
moi-même, je me retrouve seul, seul au
monde, avec mon désespoir et ma folie! Oh!
Consuelo, Consuelo! rêve funeste et déli-
cieux! où est l'être qui porte ton nom et qui
revêt parfois ta figure? Non, tu n'existes
qu'en moi, et c'est mon délire qui t'a créé!

Albert retomba sur ses bras étendus, qui
se roidirent et devinrent froids comme le
marbre.

Consuelo le voyait approcher de la crise
léthargique, et se sentait elle-même si épuisée, si prête à défaillir, qu'elle craignait de

ne pouvoir plus conjurer cette crise. Elle essaya de ranimer les mains d'Albert dans ses
mains qui n'étaient guère plus vivantes. Mon
Dieu! dit-elle d'une voix éteinte et avec un
cœur brisé, assiste deux malheureux qui ne
peuvent presque plus rien l'un pour l'autre!
Elle se voyait seule, enfermée avec un mourant, mourante elle-même, et ne pouvant
plus attendre de secours pour elle et pour
lui que de Zdenko dont le retour lui semblait
encore plus effrayant que désirable.

Sa prière parut frapper Albert d'une émotion inattendue. — Quelqu'un prie à côté de
moi, dit-il en essayant de soulever sa tête
accablée. Je ne suis pas seul! oh non, je ne
suis pas seul, ajouta-t-il en regardant la
main de Consuelo enlacée aux siennes. Main
secourable, pitié mystérieuse, sympathie humaine, fraternelle! tu rends mon agonie
bien douce et mon cœur bien reconnaissant!

Il colla ses lèvres glacées sur la main de Consuelo, et resta longtemps ainsi.

Une émotion pudique rendit à Consuelo le
sentiment de la vie. Elle n'osa point retirer
sa main à cet infortuné ; mais, partagée entre son embarras et son épuisement, ne pouvant plus se tenir debout, elle fut forcée de
s'appuyer sur lui et de poser son autre main
sur l'épaule d'Albert.

— Je me sens renaître, dit Albert au bout
de quelques instants. Il me semble que je suis
dans les bras de ma mère. O ma tante Wenceslawa ! si c'est vous qui êtes auprès de moi,
pardonnez-moi de vous avoir oubliée, vous
et mon père, et toute ma famille, dont les
noms même étaient sortis de ma mémoire.
Je reviens à vous, ne me quittez pas ; mais
rendez-moi Consuelo, Consuelo, celle que
j'avais tant attendue, celle que j'avais enfin

trouvée... et que je ne retrouve plus, et sans qui je ne puis plus respirer !

— Consuelo voulut lui parler ; mais, à mesure que la mémoire et la force d'Albert semblaient se réveiller, la vie de Consuelo semblait s'éteindre. Tant de frayeurs, de fatigues, d'émotions, et d'efforts surhumains l'avaient brisée, qu'elle ne pouvait plus lutter. La parole expira sur ses lèvres, elle sentit ses jambes fléchir, ses yeux se troubler. Elle tomba sur ses genoux à côté d'Albert, et sa tête mourante vint frapper le sein du jeune homme. Aussitôt Albert, sortant comme d'un songe, la vit, la reconnut, poussa un cri profond, et, se ranimant, la pressa dans ses bras avec énergie. A travers les voiles de la mort qui semblaient s'étendre sur ses paupières, Consuelo vit sa joie, et n'en fut point effrayée. C'était une joie sainte et rayonnante de chasteté. Elle ferma les

yeux, et tomba dans un état d'anéantisse-
ment qui n'était ni le sommeil ni la veille,
mais une sorte d'indifférence et d'insensibilité pour toutes les choses présentes.

# 10

Lorsqu'elle reprit l'usage de ses facultés, se voyant assise sur un lit assez dur, et ne pouvant encore soulever ses paupières, elle essaya de rassembler ses souvenirs. Mais la prostration avait été si complète, que ses facultés revinrent lentement ; et, comme si la

somme de fatigues et d'émotions qu'elle avait
supportées depuis un certain temps fût arrivée à dépasser ses forces, elle tenta vainement de se rappeler ce qu'elle était devenue
depuis qu'elle avait quitté Venise. Son départ
même de cette patrie adoptive, où elle avait
coulé des jours si doux, lui apparut comme
un songe ; et ce fut pour elle un soulagement
(hélas! trop court) de pouvoir douter un instant de son exil et des malheurs qui l'avaient
causé. Elle se persuada donc qu'elle était encore dans sa pauvre chambre de la Corte-
Minelli, sur le grabat de sa mère, et qu'après
avoir eu avec Anzoleto une scène violente et
amère dont le souvenir confus flottait dans
son esprit, elle revenait à la vie et à l'espérance en le sentant près d'elle, en entendant
sa respiration entrecoupée, et les douces paroles qu'il lui adressait à voix basse. Une joie
languissante et pleine de délices pénétra son

cœur à cette pensée, et elle se souleva avec
effort pour regarder son ami repentant et
pour lui tendre la main. Mais elle ne pressa
qu'une main froide et inconnue ; et, au lieu
du riant soleil qu'elle était habituée à voir
briller couleur de rose à travers son rideau
blanc, elle ne vit qu'une clarté sépulcrale,
tombant d'une voûte sombre et nageant dans
une atmosphère humide ; elle sentit sous ses
bras la rude dépouille des animaux sauvages,
et, dans un horrible silence, la pâle figure
d'Albert se pencha vers elle comme un
spectre.

Consuelo se crut descendue vivante dans le
tombeau ; elle ferma les yeux, et retomba
sur le lit de feuilles sèches, avec un doulou-
reux gémissement. Il lui fallut encore plusieurs minutes pour comprendre où elle était,
et à quel hôte sinistre elle se trouvait confiée.
La peur, que l'enthousiasme de son dévoue-

ment avait combattue et dominée jusque-là, s'empara d'elle, au point qu'elle craignit de rouvrir les yeux et de voir quelque affreux spectacle, des apprêts de mort, un sépulcre ouvert devant elle. Elle sentit quelque chose sur son front, et y porta la main. C'était une guirlande de feuillage dont Albert l'avait couronnée. Elle l'ôta pour la regarder, et vit une branche de cyprès.

— Je t'ai crue morte, ô mon âme, ô ma consolation! lui dit Albert en s'agenouillant auprès d'elle, et j'ai voulu avant de te suivre dans le tombeau te parer des emblèmes de l'hyménée. Les fleurs ne croissent point autour de moi, Consuelo. Les noirs cyprès étaient les seuls rameaux où ma main pût cueillir ta couronne de fiancée. La voilà, ne la repousse pas. Si nous devons mourir ici, laisse-moi te jurer que, rendu à la vie, je n'aurais jamais eu d'autre épouse que toi, et

que je meurs avec toi, uni à toi par un serment indissoluble.

—Fiancés, unis ! s'écria Consuelo terrifiée
en jetant des regards consternés autour
d'elle : qui donc a prononcé cet arrêt? qui
donc a célébré cet hyménée?

— C'est la destinée, mon ange, répondit
Albert avec une douceur et une tristesse
inexprimables. Ne songe pas à t'y soustraire.
C'est une destinée bien étrange pour toi, et
pour moi encore plus. Tu ne me comprends pas,
Consuelo, et il faut pourtant que tu apprennes
la vérité. Tu m'as défendu tout à l'heure de
chercher dans le passé; tu m'as interdit le
souvenir de ces jours écoulés qu'on appelle la
nuit des siècles. Mon être t'a obéi, et je ne
sais plus rien désormais de ma vie antérieure. Mais ma vie présente, je l'ai interrogée, je la connais; je l'ai vue tout entière
d'un regard, elle m'est apparue en un instant

pendant que tu reposais dans les bras de la
mort. Ta destinée, Consuelo, est de m'appar-
tenir, et cependant tu ne seras jamais à moi.
Tu ne m'aimes pas, tu ne m'aimeras jamais
comme je t'aime. Ton amour pour moi n'est
que de la charité, ton dévouement de l'héroïsme. Tu es une sainte que Dieu m'envoie,
et jamais tu ne seras une femme pour moi.
Je dois mourir consumé d'un amour que tu
ne peux partager; et cependant, Consuelo,
tu seras mon épouse comme tu es déjà ma
fiancée, soit que nous périssions ici et que ta
pitié consente à me donner ce titre d'époux
qu'un baiser ne doit jamais sceller, soit que
nous revoyions le soleil, et que ta conscience
t'ordonne d'accomplir les desseins de Dieu
envers moi.

— Comte Albert, dit Consuelo en essayant
de quitter ce lit couvert de peaux d'ours noirs
qui ressemblaient à un drap mortuaire, je ne

sais si c'est l'enthousiasme d'une reconnaissance trop vive ou la suite de votre délire
qui vous fait parler ainsi. Je n'ai plus la force
de combattre vos illusions ; et si elles doivent
se tourner contre moi, contre moi qui suis
venue, au péril de ma vie, vous secourir et
vous consoler, je sens que je ne pourrai plus
vous disputer ni mes jours ni ma liberté. Si
ma vue vous irrite et si Dieu m'abandonne,
que la volonté de Dieu soit faite ! Vous qui
croyez savoir tant de choses, vous ne savez
pas combien ma vie est empoisonnée, et avec
combien peu de regrets j'en ferais le sacrifice !

— Je sais que tu es bien malheureuse, ô
ma pauvre sainte ! je sais que tu portes au
front une couronne d'épines que je ne puis
en arracher. La cause et la suite de tes malheurs, je les ignore, et je ne te les demande
pas. Mais je t'aimerais bien peu, je serais bien

peu digne de ta compassion, si, dès le jour
où je t'ai rencontrée, je n'avais pas pressenti
et reconnu en toi la tristesse qui remplit ton
âme et abreuve ta vie. Que peux-tu craindre
de moi, Consuelo, de mon âme? Toi, si ferme
et si sage, toi à qui Dieu a inspiré des paroles
qui m'ont subjugué et ranimé en un instant,
tu sens donc défaillir étrangement la lumière
de ta foi et de ta raison, puisque tu redoutes
ton ami, ton serviteur et ton esclave? Reviens
à toi, mon ange; regarde-moi. Me voici à tes
pieds, et pour toujours, le front dans la pous-
sière. Que veux-tu, qu'ordonnes-tu? Veux-tu
sortir d'ici à l'instant même, sans que je te
suive, sans que je reparaisse jamais devant
toi? Quel sacrifice exiges-tu? Quel serment
veux-tu que je te fasse? Je puis te promettre
tout et t'obéir en tout. Oui, Consuelo, je peux
même devenir un homme tranquille, soumis,
et, en apparence, aussi raisonnable que les

autres. Est-ce ainsi que je te serai moins
amer et moins effrayant? Jusqu'ici je n'ai
jamais pu ce que j'ai voulu; mais tout ce que
tu voudras désormais me sera accordé. Je
mourrai peut-être en me transformant selon
ton désir; mais c'est à mon tour de te dire
que ma vie a toujours été empoisonnée, et
que je ne pourrais pas la regretter en la perdant pour toi.

— Cher et généreux Albert, dit Consuelo
rassurée et attendrie, expliquez-vous mieux,
et faites enfin que je connaisse le fond de cette
âme impénétrable. Vous êtes à mes yeux un
homme supérieur à tous les autres; et, dès
le premier instant où je vous ai vu, j'ai senti
pour vous un respect et une sympathie que je
n'ai point de raisons pour vous dissimuler.
J'ai toujours entendu dire que vous étiez insensé, je n'ai pas pu le croire. Tout ce qu'on
me racontait de vous ajoutait à mon estime

et à ma confiance. Cependant il m'a bien fallu
reconnaître que vous étiez accablé d'un mal
moral profond et bizarre. Je me suis, pré-
somptueusement peut-être, mais naïvement
persuadée que je pouvais adoucir ce mal.
Vous-même avez travaillé à me le faire croire.
Je suis venue vous trouver, et voilà que vous
me dites sur moi et sur vous-même des choses
d'une profondeur et d'une vérité qui me rem-
pliraient d'une vénération sans bornes, si
vous n'y mêliez des idées étranges, empreintes
d'un esprit de fatalisme que je ne saurais
partager. Dirai-je tout sans vous blesser et
sans vous faire souffrir?...

— Dites tout, Consuelo; je sais d'avance ce
que vous avez à me dire.

— Eh bien! je le dirai, car je me l'étais
promis. Tous ceux qui vous aiment déses-
pèrent de vous. Ils croient devoir respecter,
c'est-à-dire ménager, ce qu'ils appellent votre

démence ; ils craignent de vous exaspérer,
en vous laissant voir qu'ils la connaissent, la
plaignent, et la redoutent. Moi, je n'y crois
pas, et je ne puis trembler en vous demandant pourquoi, étant si sage, vous avez parfois les dehors d'un insensé ; pourquoi, étant
si bon, vous faites les actes de l'ingratitude
et de l'orgueil ; pourquoi, étant si éclairé et
si religieux, vous vous abandonnez aux rêveries d'un esprit malade et désespéré ; pourquoi, enfin, vous voilà seul, enseveli vivant
dans un caveau lugubre, loin de votre famille
qui vous cherche et vous pleure, loin de vos
semblables que vous chérissez avec un zèle
ardent, loin de moi, enfin, que vous appeliez,
que vous dites aimer, et qui n'ai pu parvenir jusqu'à vous sans des miracles de volonté
et une protection divine?

— Vous me demandez le secret de ma vie,
le mot de ma destinée, et vous le savez mieux

que moi, Consuelo ! C'est de vous que j'attendais la révélation de mon être, et vous m'interrogez ! Oh ! je vous comprends ; vous voulez m'amener à une confession, à un repentir
efficace, à une résolution victorieuse. Vous
serez obéie. Mais ce n'est pas à l'instant
même que je puis me connaître, me juger,
et me transformer de la sorte. Donnez-moi
quelques jours, quelques heures du moins,
pour vous apprendre et pour m'apprendre à
moi-même si je suis fou, ou si je jouis de ma
raison. Hélas ! hélas ! l'un et l'autre sont
vrais, et mon malheur est de n'en pouvoir
douter ! mais de savoir si je dois perdre entièrement le jugement et la volonté, ou si je
puis triompher du démon qui m'obsède,
voilà ce que je ne puis en cet instant. Prenez
pitié de moi, Consuelo ! je suis encore sous le
coup d'une émotion plus puissante que moi-
même. J'ignore ce que je vous ai dit ; j'ignore

combien d'heures se sont écoulées depuis que vous êtes ici ; j'ignore comment vous pouvez y être sans Zdenko, qui ne voulait pas vous y amener ; j'ignore même dans quel monde erraient mes pensées quand vous m'êtes apparue. Hélas ! j'ignore depuis combien de siècles je suis enfermé ici, luttant avec des souffrances inouïes, contre le fléau qui me dévore ! Ces souffrances, je n'en ai même plus conscience quand elles sont passées ; il ne m'en reste qu'une fatigue terrible, une stupeur, et comme un effroi que je voudrais chasser... Consuelo, laissez-moi m'oublier, ne fût-ce que pour quelques instants. Mes idées s'éclairciront, ma langue se déliera. Je vous le promets, je vous le jure. Ménagez-moi cette lumière de la réalité longtemps éclipsée dans d'affreuses ténèbres, et que mes yeux ne peuvent soutenir encore ! Vous m'avez ordonné de concentrer toute ma vie

dans mon cœur. Oui! vous m'avez dit cela;
ma raison et ma mémoire ne datent plus que
du moment où vous m'avez parlé. Eh bien!
cette parole a fait descendre un calme angé-
lique dans mon sein. Mon cœur vit tout entier maintenant, quoique mon esprit som-
meille encore. Je crains de vous parler de
moi; je pourrais m'égarer et vous effrayer
encore par mes rêveries. Je veux ne vivre
que par le sentiment, et c'est une vie inconnue pour moi; ce serait une vie de délices, si
je pouvais m'y abandonner sans vous dé-
plaire. Ah! Consuelo, pourquoi m'avez-vous
dit de concentrer toute ma vie dans mon
cœur? Expliquez-vous vous-même; laissez-
moi ne m'occuper que de vous, ne voir et ne
comprendre que vous... aimer, enfin. O
mon Dieu! j'aime! j'aime un être vivant,
semblable à moi! je l'aime de toute la puissance de mon être! Je puis concentrer sur

lui toute l'ardeur, toute la sainteté de mon
affection! C'est bien assez de bonheur pour
moi comme cela, et je n'ai pas la folie de demander davantage!

— Eh bien! cher Albert, reposez votre
pauvre âme dans ce doux sentiment d'une
tendresse paisible et fraternelle. Dieu m'est
témoin que vous le pouvez sans crainte et
sans danger; car je sens pour vous une amitié fervente, une sorte de vénération que les
discours frivoles et les vains jugements du
vulgaire ne sauraient ébranler. Vous avez
compris, par une sorte d'intuition divine et
mystérieuse, que ma vie était brisée par la
douleur; vous l'avez dit, et c'est la vérité
suprême qui a mis cette parole dans votre
bouche. Je ne puis pas vous aimer autrement
que comme un frère ; mais ne dites pas que
c'est la charité, la pitié seule qui me guide.
Si l'humanité et la compassion m'ont donné

le courage de venir ici, une sympathie, une
estime particulière pour vos vertus, me donnent aussi le courage et le droit de vous parler comme je fais. Abjurez donc dès à présent
et pour toujours l'illusion où vous êtes sur
votre propre sentiment. Ne parlez pas d'a-
mour, ne parlez pas d'hyménée. Mon passé,
mes souvenirs, rendent le premier impossible ; la différence de nos conditions rendrait
le second humiliant et inacceptable pour
moi. En revenant sur de telles rêveries, vous
rendriez mon dévouement pour vous témé-
raire, coupable peut-être. Scellons par une
promesse sacrée cet engagement que je
prends d'être votre sœur, votre amie, votre
consolatrice, quand vous serez disposé à
m'ouvrir votre cœur ; votre garde-malade,
quand la souffrance vous rendra sombre et
taciturne. Jurez que vous ne verrez pas en

moi autre chose, et que vous ne m'aimerez pas autrement.

— Femme généreuse, dit Albert en pâlissant, tu comptes bien sur mon courage, et tu connais bien mon amour, en me demandant une pareille promesse. Je serais capable de mentir pour la première fois de ma vie ; je pourrrais m'avilir jusqu'à prononcer un faux serment, si tu l'exigeais de moi. Mais tu ne l'exigeras pas, Consuelo ; tu comprendras que ce serait mettre dans ma vie une agitation nouvelle, et dans ma conscience un remords qui ne l'a pas encore souillée. Ne t'inquiète pas de la manière dont je t'aime, je l'ignore tout le premier ; seulement, je sens que retirer le nom d'amour à cette affection serait dire un blasphème. Je me soumets à tout le reste : j'accepte ta pitié, tes soins, ta bonté, ton amitié paisible ; je ne te parlerai que comme tu le permettras ;

je ne te dirai pas une seule parole qui te trouble; je n'aurai pas pour toi un seul regard qui
doive faire baisser tes yeux ; je ne toucherai
jamais ta main, si le contact de la mienne te
déplait; je n'effleurerai pas même ton vête-
ment , si tu crains d'être flétrie par mon
souffle. Mais tu aurais tort de me traiter avec
cette méfiance, et tu ferais mieux d'entretenir en moi cette douceur d'émotions qui me
vivifie, et dont tu ne peux rien craindre. Je
comprends bien que ta pudeur s'alarmerait
de l'expression d'un amour que tu ne veux
point partager ; je sais que ta fierté repous-
serait les témoignages d'une passion que tu
ne veux ni provoquer ni encourager. Sois
donc tranquille, et jure sans crainte d'être
ma sœur et ma consolatrice : je jure d'être
ton frère et ton serviteur. Ne m'en demande
pas davantage ; je ne serai ni indiscret ni opportun. Il me suffira que tu saches que tu

peux me commander et me gouverner des-
potiquement... comme on ne gouverne pas
un frère, mais comme on dispose d'un être
qui s'est donné à vous tout entier et pour
toujours.

## 11

Ce langage rassurait Consuelo sur le présent, mais ne la laissait pas sans appréhension pour l'avenir. L'abnégation fanatique
d'Albert prenait sa source dans une passion
profonde et invincible, sur laquelle le sérieux
de son caractère, et l'expression solennelle

de sa physionomie, ne pouvaient laisser aucun doute. Consuelo, interdite, quoique doucement émue, se demandait si elle pourrait
continuer à consacrer ses soins à cet homme
épris d'elle sans réserve et sans détour. Elle
n'avait jamais traité légèrement dans sa
pensée ces sortes de relations, et elle voyait
qu'avec Albert aucune femme n'eût pu les
braver sans de graves conséquences. Elle ne
doutait ni de sa loyauté ni de ses promesses ;
mais le calme qu'elle s'était flattée de lui rendre devait être inconciliable avec un amour
si ardent, et l'impossibilité où elle se voyait
d'y répondre. Elle lui tendit la main en soupirant, et resta pensive, les yeux attachés à
terre, plongée dans une méditation mélancolique. — Albert, lui dit-elle enfin en relevant
ses regards sur lui, et en trouvant les siens
remplis d'une attente pleine d'angoisse et de
douleur, vous ne me connaissez pas, quand

vous voulez me charger d'un rôle qui me
convient si peu. Une femme capable d'en
abuser serait seule capable de l'accepter. Je
ne suis ni coquette ni orgueilleuse, je ne crois
pas être vaine, et je n'ai aucun esprit de do-
mination. Votre amour me flatterait, si je
pouvais le partager; et si cela était, je vous
le dirais tout de suite. Vous affliger par l'assurance réitérée du contraire est, dans la situation où je vous trouve, un acte de cruauté
froide que vous auriez bien dû m'épargner,
et qui m'est cependant imposé par ma conscience, quoique mon cœur le déteste, et se
déchire en l'accomplissant. Plaignez-moi
d'être forcée de vous affliger, de vous offenser, peut-être, en un moment où je voudrais
donner ma vie pour vous rendre le bonheur
et la santé.

— Je le sais, enfant sublime, répondit Albert avec un triste sourire. Tu es si bonne et

si grande, que tu donnerais ta vie pour le
dernier des hommes; mais ta conscience, je
sais bien qu'elle ne pliera pour personne. Ne
crains donc pas de m'offenser, en me dévoi-
lant cette rigidité que j'admire, cette froi-
deur stoïque que ta vertu conserve au milieu
de la plus touchante pitié. Quant à m'affliger,
cela n'est pas en ton pouvoir, Consuelo. Je
ne me suis point fait d'illusions; je suis habitué aux plus atroces douleurs; je sais que
ma vie est dévouée aux sacrifices les plus
cuisants. Ne me traite donc pas comme un
homme faible, comme un enfant sans cœur
et sans fierté, en me répétant ce que je sais
de reste, que tu n'auras jamais d'amour pour
moi. Je sais toute ta vie, Consuelo, bien que je
ne connaisse ni ton nom, ni ta famille, ni aucun
fait matériel qui te concerne. Je sais l'histoire
de ton âme; le reste ne m'intéresse pas. Tu as
aimé, tu aimes encore, et tu aimeras toujours

un être dont je ne sais rien, dont je ne veux
rien savoir, et auquel je ne te disputerai que si
tu me l'ordonnes. Mais sache, Consuelo, que
tu ne seras jamais ni à lui, ni à moi, ni à toi-
même. Dieu t'a réservé une existence à part,
dont je ne cherche ni ne prévois les circonstances, mais dont je connais le but et la fin.
Esclave et victime de ta grandeur d'âme, tu
n'en recueilleras jamais d'autre récompense
en cette vie que la conscience de ta force et
le sentiment de ta bonté. Malheureuse au
dire du monde, tu seras, en dépit de tout, la
plus calme et la plus heureuse des créatures
humaines, parce que tu seras toujours la
plus juste et la meilleure. Car les méchants
et les lâches sont seuls à plaindre, ô ma sœur
chérie, et la parole du Christ sera vraie,
tant que l'humanité sera injuste et aveugle :
*Heureux ceux qui sont persécutés !* heureux

ceux qui pleurent et qui travaillent dans la peine !

La force et la dignité qui rayonnaient sur le front large et majestueux d'Albert exercèrent en ce moment une si puissante fascination sur Consuelo, qu'elle oublia ce rôle de fière souveraine et d'amie austère qui lui était imposé, pour se courber sous la puissance de cet homme inspiré par la foi et l'enthousiasme. Elle se soutenait à peine, encore brisée par la fatigue, et toute vaincue par l'émotion. Elle se laissa glisser sur ses genoux, déjà pliés par l'engourdissement de la lassitude, et, joignant les mains, elle se mit à prier tout haut avec effusion. — Si c'est toi, mon Dieu, s'écria-t-elle, qui mets cette prophétie dans la bouche d'un saint, que ta volonté soit faite et qu'elle soit bénie ! Je t'ai demandé le bonheur dans mon enfance, sous une face riante et puérile, tu

me le réservais sous une face rude et sévère,
que je ne pouvais pas comprendre. Fais que
mes yeux s'ouvrent et que mon cœur se sou-
mette. Cette destinée qui me semblait si injuste et qui se révèle peu à peu, je saurai
l'accepter, mon Dieu, et ne te demander que
ce que l'homme a le droit d'attendre de ton
amour et de ta justice : la foi, l'espérance et
la charité.

En priant ainsi, Consuelo se sentit baignée
de larmes. Elle ne chercha point à les retenir.
Après tant d'agitation et de fièvre, elle avait
besoin de cette crise, qui la soulagea en
l'affaiblissant encore. Albert pria et pleura
avec elle, en bénissant ces larmes qu'il avait
si longtemps versées dans la solitude, et qui
se mêlaient enfin à celles d'un être généreux
et pur.

— Et maintenant, lui dit Consuelo en se
relevant, c'est assez penser à nous-mêmes.

Il est temps de nous occuper des autres, et
de nous rappeler nos devoirs. J'ai promis de
vous ramener à vos parents, qui gémissent
dans la désolation, et qui déjà prient pour
vous comme pour un mort. Ne voulez-vous
pas leur rendre le repos et la joie, mon
cher Albert ? Ne voulez-vous pas me suivre?

— Déjà ! s'écria le jeune comte avec amertume; déjà nous séparer ! déjà quitter cet
asile sacré où Dieu seul est entre nous, cette
cellule que je chéris depuis que tu m'y es
apparue, ce sanctuaire d'un bonheur que je
ne retrouverai peut-être jamais, pour rentrer dans la vie froide et fausse des préjugés
et des convenances ! Ah! pas encore, mon
âme, ma vie! encore un jour, encore un
siècle de délices. Laisse-moi oublier ici qu'il
existe un monde de mensonge et d'iniquité,
qui me poursuit comme un rêve funeste;
laisse-moi revenir lentement et par degrés à

ce qu'ils appellent la raison. Je ne me sens
pas encore assez fort pour supporter la vue
de leur soleil et le spectacle de leur démence.
J'ai besoin de te contempler, de t'écouter encore. D'ailleurs je n'ai jamais quitté ma retraite par une résolution soudaine et sans de
longues réflexions ; ma retraite affreuse et
bienfaisante, lieu d'expiation terrible et salutaire, où j'arrive en courant et sans détourner la tête, où je me plonge avec une
joie sauvage, et dont je m'éloigne toujours
avec des hésitations trop fondées et des regrets trop durables ! Tu ne sais pas quels
liens puissants m'attachent à cette prison
volontaire, Consuelo ! tu ne sais pas qu'il y a
ici un moi que j'y laisse, et qui est le véritable Albert, et qui n'en saurait sortir ; un moi
que j'y retrouve toujours, et dont le spectre
me rappelle et m'obsède quand je suis ailleurs. Ici est ma conscience, ma foi, ma lu-

mière, ma vie sérieuse en un mot. J'y ap-
porte le désespoir, la peur, la folie; elles s'y
acharnent souvent après moi, et m'y livrent
une lutte effroyable. Mais vois-tu, derrière
cette porte, il y a un tabernacle où je les
dompte et où je me retrempe. J'y entre souillé
et assailli par le vertige; j'en sors purifié, et
nul ne sait au prix de quelles tortures j'en
rapporte la patience et la soumission. Ne
m'arrache pas d'ici, Consuelo; permets que
je m'en éloigne à pas lents et après avoir
prié.

— Entrons-y, et prions ensemble, dit Consuelo. Nous partirons aussitôt après. L'heure
s'avance, le jour est peut-être près de paraître. Il faut qu'on ignore le chemin qui vous
ramène au château, il faut qu'on ne vous voie
pas rentrer, il faut peut-être aussi qu'on ne
nous voie pas rentrer ensemble : car je ne
veux pas trahir le secret de votre retraite,

Albert, et jusqu'ici nul ne se doute de ma découverte. Je ne veux pas être interrogée, je
ne voux pas mentir. Il faut que j'aie le droit
de me renfermer dans un respectuenx silence
vis à vis de vos parents, et de leur laisser
croire que mes promesses n'étaient que des
pressentiments et des rêves. Si on me voyait
revenir avec vous, ma discrétion passerait
pour de la révolte ; et quoique je sois capable
de tout braver pour vous, Albert, je ne veux
pas sans nécessité m'aliéner la confiance et
l'affection de votre famille. Hâtons-nous donc;
je suis épuisée de fatigue , et si je demeurais
plus longtemps ici , je pourrais perdre le
reste de force dont j'ai besoin pour faire ce
nouveau trajet. Allons, priez, vous dis-je, et
partons.

— Tu es épuisée de fatigue ! repose-toi
donc ici, ma bien-aimée ! Dors, je veillerai
sur toi religieusement ; ou si ma présence

t'inquiète, tu m'enfermeras dans la grotte
voisine. Tu mettras cette porte de fer entre
toi et moi ; et tant que tu ne me rappelleras
pas, je prierai pour toi dans *mon église*.

— Et pendant que vous prierez, pendant
que je me livrerai au repos, votre père su-
bira encore de longues heures d'agonie, pâle
et immobile, comme je l'ai vu une fois,
courbé sous la vieillesse et la douleur, pressant de ses genoux affaiblis le pavé de son
oratoire, et semblant attendre que la nouvelle de votre mort vienne lui arracher son
dernier souffle ! Et votre pauvre tante s'agi-
tera dans une sorte de fièvre à monter sur
tous les donjons pour vous chercher des yeux
sur les sentiers de la montagne ! Et ce matin encore on s'abordera dans le château, et
on se séparera le soir avec le désespoir dans
les yeux et la mort dans l'âme ! Albert, vous
n'aimez donc pas vos parents, puisque vous

les faites languir et souffrir ainsi sans pitié
ou sans remords ?

— Consuelo, Consuelo ! s'écria Albert en
paraissant sortir d'un songe, ne parle pas
ainsi, tu me fais un mal affreux. Quel crime
ai-je donc commis ? quels désastres ai-je
donc causés ? pourquoi sont-ils si inquiets ?
Combien d'heures se sont donc écoulées depuis celle où je les ai quittés ?

— Vous demandez combien d'heures ! demandez combien de jours, combien de nuits,
et presque combien de semaines !

— Des jours, des nuits ! Taisez-vous, Consuelo, ne m'apprenez pas mon malheur ! Je
savais bien que je perdais ici la juste notion
du temps, et que la mémoire de ce qui se
passe sur la face de la terre ne descendait
point dans ce sépulcre... Mais je ne croyais
pas que la durée de cet oubli et de cette

ignorance pût être comptée par jours et par
semaines.

— N'est-ce pas un oubli volontaire, mon
ami? Rien ne vous rappelle ici les jours qui
s'effacent et se renouvellent; d'éternelles ténèbres y entretiennent la nuit. Vous n'avez
même pas, je crois, un sablier pour compter
les heures. Ce soin d'écarter les moyens de
mesurer le temps n'est-il pas une précaution
farouche pour échapper aux cris de la nature et aux reproches de la conscience ?

— Je l'avoue, j'ai besoin d'abjurer, quand
je viens ici, tout ce qu'il y a en moi de pure-
ment humain. Mais je ne savais pas, mon
Dieu! que la douleur et la méditation pus-
sent absorber mon âme au point de me faire
paraître indistinctement les heures longues
comme des jours, ou les jours rapides comme
des heures. Quel homme suis-je donc, et
comment ne m'a-t-on jamais éclairé sur

cette nouvelle disgrâce de mon organisation?

— Cette disgrâce est, au contraire, la
preuve d'une grande puissance intellectuel-
le, mais détournée de son emploi et consa-
crée à de funestes préoccupations. On s'est
imposé de vous cacher les maux dont vous
êtes la cause ; on a cru devoir respecter votre souffrance en vous taisant celle d'autrui.
Mais, selon moi, c'était vous traiter avec
trop peu d'estime, c'était douter de votre
cœur ; et moi qui n'en doute pas, Albert, je
ne vous cache rien.

— Partons ! Consuelo, partons ! dit Albert
en jetant précipitamment son manteau sur
ses épaules. Je suis un malheureux ! J'ai fait
souffrir mon père que j'adore, ma tante que
je chéris ! Je suis à peine digne de les revoir !
Ah ! plutôt que de renouveler de pareilles
cruautés, je m'imposerais le sacrifice de ne

jamais revenir ici ! Mais non, je suis heureux ; car j'ai rencontré un cœur ami, pour
m'avertir et me réhabiliter. Quelqu'un enfin
m'a dit la vérité sur moi-même, et me le
dira toujours, n'est-ce pas, ma sœur chérie?

— Toujours, Albert, je vous le jure.

— Bonté divine ! et l'être qui vient à mon
secours est celui-là seul que je puis écouter
et croire ! Dieu sait ce qu'il fait ! Ignorant
ma folie, j'ai toujours accusé celle des autres. Hélas! mon noble père, lui-même,
m'aurait appris ce que vous venez de m'apprendre, Consuelo, que je ne l'aurais pas
cru ! C'est que vous êtes la vérité et la vie,
c'est que vous seule pouvez porter en moi la
conviction, et donner à mon esprit troublé
la sécurité céleste qui émane de vous.

— Partons, dit Consuelo en l'aidant à
agrafer son manteau, que sa main convul-

sive et distraite ne pouvait fixer sur son épaule.

— Oui, partons, dit-il en la regardant d'un œil attendri remplir ce soin amical ; mais auparavant, jure-moi, Consuelo, que si je reviens ici, tu ne m'y abandonneras pas ; jure que tu viendras m'y chercher encore, fût-ce pour m'accabler de reproches, pour m'appeler ingrat, parricide, et me dire que je suis indigne de ta sollicitude. Oh! ne me laisse plus en proie à moi-même! tu vois bien que tu as tout pouvoir sur moi, et qu'un mot de ta bouche me persuade et me guérit mieux que ne feraient des siècles de méditation et de prière.

— Vous allez me jurer, vous, lui répondit Consuelo en appuyant sur ses deux épaules ses mains enhardies par l'épaisseur du manteau, et en lui souriant avec expansion, de ne jamais revenir ici sans moi ! .

— Tu y reviendras donc avec moi? s'é-
cria-t-il en la regardant avec ivresse, mais
sans oser l'entourer de ses bras : jure-le-
moi, et moi je fais le serment de ne jamais
quitter le toit de mon père sans ton ordre ou
ta permission.

— Eh bien, que Dieu entende et reçoive
cette mutuelle promesse, répondit Consuelo
transportée de joie. Nous reviendrons prier
dans *votre église*, Albert, et vous m'ensei-
gnerez à prier ; car personne ne me l'a appris, et j'ai de connaître Dieu un besoin qui
me consume. Vous me révélerez le ciel, mon
ami, et moi je vous rappellerai, quand il le
faudra, les choses terrestres et les devoirs de
la vie humaine.

— Divine sœur ! dit Albert, les yeux noyés
de larmes délicieuses, va ! je n'ai rien à t'apprendre, et c'est toi qui dois me confesser,
me connaître, et me régénérer ! C'est toi qui

m'enseigneras tout, même la prière. Ah! je
n'ai plus besoin d'être seul pour élever mon
âme à Dieu. Je n'ai plus besoin de me pros-
terner sur les ossements de mes pères, pour
comprendre et sentir l'immortalité. Il me
suffit de te regarder pour que mon âme vivifiée monte vers le ciel comme un, hymne
de reconnaissance et un encens de purifica-
tion.

Consuelo l'entraîna; elle-même ouvrit et
referma les portes. A moi, Cynabre! dit Albert à son fidèle compagnon en lui présentant une lanterne, mieux construite que celle
dont s'était munie Consuelo, et mieux ap-
propriée au genre de voyage qu'elle devait
protéger. L'animal intelligent prit d'un air
de fierté satisfaite l'anse du fanal, et se mit
à marcher en avant d'un pas égal, s'arrêtant
chaque fois que son maître s'arrêtait, hâtant
ou ralentissant son allure au gré de la sien-

ne, et gardant le milieu du chemin, pour ne jamais compromettre son précieux dépôt en le heurtant contre les rochers et les broussailles.

Consuelo avait bien de la peine à marcher; elle se sentait brisée; et sans le bras d'Albert, qui la soutenait et l'enlevait à chaque instant, elle serait tombée dix fois. Ils redescendirent ensemble le courant de la source, en côtoyant ses marges gracieuses et fraîches. — C'est Zdenko, lui dit Albert, qui soigne avec amour la naïade de ces grottes mystérieuses. Il aplanit son lit souvent encombré de gravier et de coquillages. Il entretient les pâles fleurs qui naissent sous ses pas, et les protège contre ses embrassements parfois un peu rudes.

Consuelo regarda le ciel à travers les fentes du rocher. Elle vit briller une étoile. — C'est Aldébaram, l'étoile des Zingari, lui dit Albert. Le jour ne paraîtra que dans une heure.

— C'est mon étoile, répondit Consuelo ; car je suis, non de race, mais de condition, une sorte de Zingara, mon cher comte. Ma mère ne portait pas d'autre nom à Venise, quoiqu'elle se révoltât contre cette appellation injurieuse, selon ses préjugés espagnols. Et moi j'étais, je suis encore connue dans ce pays-là, sous le titre de Zingarella.

— Que n'es-tu en effet un enfant de cette race persécutée ! répondit Albert : je t'aimerais encore davantage, s'il était possible !

Consuelo, qui avait cru bien faire en rappelant au comte de Rudolstadt la différence de leurs origines et de leurs conditions, se souvint de ce qu'Amélie lui avait appris des sympathies d'Albert pour les pauvres et les

vagabonds. Elle craignit de s'être abandonnée involontairement à un sentiment de co-
quetterie instinctive, et garda le silence.

Mais Albert le rompit au bout de quelques instants. — Ce que vous venez de m'apprendre, dit-il, a réveillé en moi, par je ne
sais quel enchaînement d'idées, un souvenir
de ma jeunesse, assez puéril, mais qu'il faut
que je vous raconte, parce que, depuis que je
vous ai vue, il s'est présenté plusieurs fois à
ma mémoire avec une sorte d'insistance.
Appuyez-vous sur moi davantage, pendant
que je vous parlerai, chère sœur.

« J'avais environ quinze ans ; je revenais
seul, un soir, par un des sentiers qui côtoient
le Schreckenstein, et qui serpentent sur les
collines, dans la direction du château. Je vis
devant moi une femme grande et maigre,
misérablement vêtue, qui portait un fardeau
sur ses épaules, et qui s'arrêtait de roche en

roche pour s'asseoir et reprendre haleine. Je
l'abordai. Elle était belle, quoique hâlée par
le soleil et flétrie par la misère et le souci. Il
y avait sous ses haillons une sorte de fierté
douloureuse; et lorsqu'elle me tendit la
main, elle eut l'air de commander à ma pitié plutôt que de l'implorer. Je n'avais plus
rien dans ma bourse, et je la priai de venir
avec moi jusqu'au château, où je pourrais
lui offrir des secours, des aliments, et un gîte
pour la nuit.

« —Je l'aime mieux ainsi, me répondit-elle
avec un accent étranger que je pris pour
celui des vagabonds égyptiens; car je ne savais pas à cette époque les langues que j'ai
apprises depuis dans mes voyages. — Je
pourrai, ajouta-t-elle, vous payer l'hospitalité que vous m'offrez, en vous faisant entendre quelques chansons des divers pays
que j'ai parcourus. Je demande rarement

l'aumône; il faut que j'y sois forcée par une extrême détresse.

« —Pauvre femme! lui dis-je, vous portez un fardeau bien lourd; vos pauvres pieds presque nus sont blessés. Donnez-moi ce paquet, je le porterai jusqu'à ma demeure, et vous marcherez plus librement.

« — Ce fardeau devient tous les jours plus pesant, répondit-elle avec un sourire mélancolique qui l'embellit tout à fait; mais je ne m'en plains pas. Je le porte depuis plusieurs années, et j'ai fait des centaines de lieues avec lui sans regretter ma peine. Je ne le confie jamais à personne; mais vous avez l'air d'un enfant si bon, que je vous le prêterai jusque là-bas.

« A ces mots, elle ôta l'agrafe du manteau qui la couvrait tout entière, et qui ne laissait passer que le manche de sa guitare. Je vis alors un enfant de cinq à six ans, pâle et

hâlé comme sa mère, mais d'une physionomie douce et calme qui me remplit le cœur
d'attendrissement. C'était une petite fille
toute déguenillée, maigre, mais forte, et qui
dormait du sommeil des anges sur ce dos
brûlant et brisé de la chanteuse ambulante.
Je la pris dans mes bras, et j'eus bien de la
peine à l'y garder ; car, en s'éveillant, et en
se voyant sur un sein étranger, elle se dé-
battit et pleura. Mais sa mère lui parla dans
sa langue pour la rassurer. Mes caresses et
mes soins la consolèrent, et nous étions les
meilleurs amis du monde en arrivant au
château. Quand la pauvre femme eut soupé,
elle coucha son enfant dans un lit que je lui
avais fait préparer, fit une espèce de toilette
bizarre, plus triste encore que ses haillons,
et vint dans la salle où nous mangions, chanter des romances espagnoles, françaises et
allemandes, avec une belle voix, un accent

ferme, et une franchise de sentiment qui
nous charmèrent. Ma bonne tante eut pour
elle mille soins et mille attentions. Elle y parut sensible, mais ne dépouilla pas sa fierté,
et ne fit à nos questions que des réponses éva-
sives. Son enfant m'intéressait plus qu'elle
encore. J'aurais voulu le revoir, l'amuser, et
même le garder. Je ne sais quelle tendre sollicitude s'éveillait en moi pour ce pauvre
petit être, voyageur et misérable sur la
terre. Je rêvai de lui toute la nuit, et dès le
matin je courus pour le voir. Mais déjà la
Zingara était partie, et je gravis la montagne
sans pouvoir la découvrir. Elle s'était levée
avant le jour, et avait pris la route du sud,
avec son enfant et ma guitare, que je lui
avais donnée, la sienne étant brisée à son
grand regret. »

— Albert ! Albert ! s'écria Consuelo saisie
d'une émotion extraordinaire. Cette guitare,

est à Venise chez mon maître Porpora, qui me la conserve, et à qui je la redemanderai pour ne jamais m'en séparer. Elle est en ébène, avec un chiffre incrusté en argent, un chiffre que je me rappelle bien : « A. R. » Ma mère, qui manquait de mémoire, pour avoir vu trop de choses, ne se souvenait ni de votre nom, ni de celui de votre château, ni même du pays où cette aventure lui était arrivée. Mais elle m'a souvent parlé de l'hospitalité qu'elle avait reçue chez le possesseur de cette guitare, et de la charité touchante d'un jeune et beau seigneur qui m'avait portée dans ses bras pendant une demi-lieue, en causant avec elle comme avec son égale. O mon cher Albert ! je me souviens aussi de tout cela ! A chaque parole de votre récit, ces images, longtemps assoupies dans mon cerveau, se sont réveillées une à une.

et voilà pourquoi vos montagnes ne pouvaient pas sembler absolument nouvelles à mes yeux; voilà pourquoi je m'efforçais en vain de savoir la cause des souvenirs confus qui venaient m'assaillir dans ce paysage; voilà pourquoi surtout j'ai senti pour vous, à la première vue, mon cœur tressaillir et mon front s'incliner respectueusement, comme si j'eusse retrouvé un ami et un protecteur long-temps perdu et regretté.

— Crois-tu donc, Consuelo, lui dit Albert en la pressant contre son sein, que je ne t'aie pas reconnue dès le premier instant? En vain tu as grandi, en vain tu t'es transformée et embellie avec les années. J'ai une mémoire (présent merveilleux, quoique souvent funeste!) qui n'a pas besoin des yeux et des paroles pour s'exercer à travers l'espace des siècles et des jours. Je ne savais pas que tu étais ma Zingarella chérie; mais je savais bien que je t'avais déjà connue, déjà aimée, déjà pressée sur mon cœur, qui, dès ce moment, s'est attaché et identifié au tien, à mon insçu, pour toute ma vie.

# 12

En parlant ainsi, ils arrivèrent à l'embran-
chement des deux routes où Consuelo avait
rencontré Zdenko, et de loin ils aperçurent la
lueur de sa lanterne, qu'il avait posée à terre
à côté de lui. Consuelo, connaissant désormais les caprices dangereux et la force athlé-

tique de l'*innocent*, se pressa involontairement contre Albert, en signalant cet indice
de son approche.

— Pourquoi craignez-vous cette douce et
affectueuse créature? lui dit le jeune comte,
surpris et heureux pourtant de cette frayeur.
Zdenko vous chérit, quoique depuis la nuit
dernière un mauvais rêve qu'il a fait l'ait
rendu récalcitrant à mes désirs, et un peu
hostile au généreux projet que vous formiez
de venir me chercher : mais il a la soumission d'un enfant dès que j'insiste auprès de
lui, et vous allez le voir à vos pieds si je dis
un mot.

— Ne l'humiliez pas devant moi, répondit
Consuelo ; n'aggravez pas l'aversion que je
lui inspire. Quand nous l'aurons dépassé, je
vous dirai quels motifs sérieux j'ai de le
craindre et de l'éviter désormais.

— Zdenko est un être quasi céleste, reprit

Albert, et je ne pourrai jamais le croire redoutable pour qui que ce soit. Son état
d'extase perpétuelle lui donne la pureté et la
charité des anges.

— Cet état d'extase que j'admire moi-
même, Albert, est une maladie quand il se
prolonge. Ne vous abusez pas à cet égard.
Dieu ne veut pas que l'homme abjure ainsi
le sentiment et la conscience de sa vie réelle
pour s'élever trop souvent à de vagues con-
ceptions d'un monde idéal. La démence et la
fureur sont au bout de ces sortes d'ivresses,
comme un châtiment de l'orgueil et de l'oisiveté.

Cynabre s'arrêta devant Zdenko, et le regarda d'un air affectueux, attendant quelque
caresse que cet ami ne daigna pas lui accor-
der. Il avait la tête dans ses deux mains,
dans la même attitude et sur le même rocher
où Consuelo l'avait laissé. Albert lui adressa

la parole en bohémien, et il répondit à peine. Il secouait la tête d'un air découragé ; ses joues étaient inondées de larmes, et il ne voulait pas seulement regarder Consuelo. Albert éleva la voix , et l'interpella avec force ; mais il y avait plus d'exhortation et de tendresse que de commandement et de reproche dans les inflexions de sa voix. Zdenko se leva enfin, et alla tendre la main à Consuelo, qui la lui serra en tremblant.

— Maintenant, lui dit-il en allemand, en la regardant avec douceur,  quoique avec tristesse, tu ne dois plus me craindre : mais tu me fais bien du mal, et je sens que ta main est pleine de nos malheurs.

Il marcha devant eux, en échangeant de temps en temps quelques paroles avec Albert. Ils suivaient la galerie solide et spacieuse que Consuelo n'avait pas encore parcourue de ce côté, et qui les conduisit à une voûte ronde, où ils retrouvèrent l'eau de la source, affluant dans un vaste bassin fait de main d'homme, et revêtu de pierres taillées. Elle s'en échappait par deux courants, dont l'un se perdait dans les cavernes, et l'autre se dirigeait vers la citerne du château. Ce fut celui-là que Zdenko ferma, en replaçant de sa main herculéenne trois énormes pierres qu'il dérangeait lorsqu'il voulait tarir la citerne jusqu'au niveau de l'arcade et de l'escalier par où l'on remontait à la terrasse d'Albert.

— Asseyons-nous ici, dit le comte à sa compagne, pour donner à l'eau du puits le temps de s'écouler par un déversoir...

— Que je connais trop bien, dit Consuelo en frissonnant de la tête aux pieds.

— Que voulez-vous dire? demanda Albert en la regardant avec surprise.

— Je vous l'apprendrai plus tard, répon-

dit Consuelo. Je ne veux pas vous attrister
et vous émouvoir maintenant par l'idée des
périls que j'ai surmontés...

— Mais que veut-elle dire ? s'écria Albert
épouvanté, en regardant Zdenko.

Zdenko répondit en bohémien d'un air
d'indifférence, en pétrissant avec ses longues
mains brunes des amas de glaise qu'il pla-
çait dans l'interstice des pierres de son écluse,
pour hâter l'écoulement de la citerne. —
Expliquez-vous, Consuelo, dit Albert avec
agitation ; je ne peux rien comprendre à ce
qu'il me dit. Il prétend que ce n'est pas lui
qui vous a amenée jusqu'ici, que vous y êtes
venue par des souterrains que je sais impé-
nétrables, et où une femme délicate n'eût
jamais osé se hasarder ni pu se diriger. Il dit
(grand Dieu! que ne dit-il pas, le malheureux!) que c'est le destin qui vous a conduite, et que l'archange Michel (qu'il appelle

le superbe et le dominateur) vous a fait passer à travers l'eau et les abîmes.

— Il est possible, répondit Consuelo avec
un sourire, que l'archange Michel s'en soit
mêlé ; car il est certain que je suis venue par
le déversoir de la fontaine, que j'ai devancé
le torrent à la course, que je me suis crue
perdue deux ou trois fois, que j'ai traversé
des cavernes et des carrières où j'ai pensé
devoir être étouffée ou engloutie à chaque
pas ; et pourtant ces dangers n'étaient pas
plus affreux que la colère de Zdenko, lorsque
le hasard ou la Providence m'ont fait retrouver la bonne route. — Ici, Consuelo, qui
s'exprimait toujours en espagnol avec Albert,
lui raconta en peu de mots l'accueil que son
pacifique Zdenko lui avait fait, et la tentative de l'enterrer vivante, qu'il avait presque
entièrement exécutée, au moment où elle
avait eu la présence d'esprit de l'apaiser

par une phrase singulièrement hérétique.
Une sueur froide ruissela sur le front d'Albert en apprenant ces détails incroyables, et
il lança plusieurs fois sur Zdenko des regards
terribles, comme s'il eût voulu l'anéantir.
Zdenko, en les rencontrant, prit une étrange
expression de révolte et de dédain. Consuelo
trembla de voir ces deux insensés se tourner
l'un contre l'autre ; car, malgré la haute sagesse et l'exquisité de sentiments qui inspi-
raient la plupart des discours d'Albert, il
était bien évident pour elle que sa raison
avait reçu de graves atteintes dont elle ne se
relèverait peut-être jamais entièrement.
Elle essaya de les réconcilier en leur disant à
chacun des paroles affectueuses. Mais Albert,
se levant, et remettant les clefs de son ermitage à Zdenko, lui adressa quelques mots
très froids, auxquels Zdenko se soumit à l'instant même. Il reprit sa lanterne, et s'éloigna

en chantant des airs bizarres sur des paroles incompréhensibles.

— Consuelo, dit Albert lorsqu'il l'eut perdu de vue, si ce fidèle animal qui se couche à vos pieds devenait enragé ; oui, si mon pauvre Cynabre compromettait votre vie par une fureur involontaire, il me faudrait bien le tuer ; et croyez que je n'hésiterais pas, quoique ma main n'ait jamais versé de sang, même celui des êtres inférieurs à l'homme... Soyez donc tranquille, aucun danger ne vous menacera plus.

— De quoi parlez-vous, Albert? répondit la jeune fille inquiète de cette allusion imprévue. Je ne crains plus rien. Zdenko est encore un homme, bien qu'il ait perdu la raison par sa faute peut-être, et aussi un peu par la vôtre. Ne parlez ni de sang ni de châtiment. C'est à vous de le ramener à la vérité et de le guérir au lieu d'encourager son délire. Venez, partons ; je tremble que le jour ne se lève et ne nous surprenne à notre arrivée.

— Tu as raison , dit Albert en reprenant sa route. La sagesse parle par ta bouche, Consuelo. Ma folie a été contagieuse pour cet infortuné , et il était temps que tu vinsses nous tirer de cet abîme où nous roulions tous les deux. Guéri par toi , je tâcherai de guérir Zdenko... Et si pourtant je n'y réussis point , si sa démence met encore ta vie en péril, quoique Zdenko soit un homme devant Dieu, et un ange dans sa tendresse pour moi, quoiqu'il soit le seul véritable ami que j'aie eu jusqu'ici sur la terre... sois certaine, Consuelo , que je l'arracherai de mes entrailles et que tu ne le reverras jamais.

— Assez , assez, Albert ! murmura Consuelo, incapable après tant de frayeurs de supporter une frayeur nouvelle. N'arrêtez

pas votre pensée sur de pareilles suppositions.
J'aimerais mieux cent fois perdre la vie que
de mettre dans la vôtre une nécessité et un
désespoir semblables.

Albert ne l'écoutait point, et semblait
égaré. Il oubliait de la soutenir, et ne la
voyait plus défaillir et se heurter à chaque
pas. Il était absorbé par l'idée des dangers
qu'elle avait courus pour lui; et dans sa terreur en se les retraçant, dans sa sollicitude
ardente, dans sa reconnaissance exaltée, il
marchait rapidement, faisant retentir le souterrain de ses exclamations entrecoupées, et
la laissant se traîner derrière lui avec des efforts de plus en plus pénibles.

Dans cette situation cruelle, Consuelo pensa
à Zdenko, qui était derrière elle, et qui pouvait revenir sur ses pas; au torrent, qu'il tenait toujours pour ainsi dire dans sa main, et
qn'il pouvait déchaîner encore une fois au

moment où elle remonterait le puits seule et
privée du secours d'Albert. Car celui-ci, en
proie à une fantaisie nouvelle, semblait la
voir devant lui et suivre un fantôme trom-
peur, tandis qu'il l'abandonnait dans les ténèbres. C'en était trop pour une femme, et
pour Consuelo elle-même. Cynabre marchait
aussi vite que son maître, et fuyait empor-
tant le flambeau ; Consuelo avait laissé le sien
dans la cellule. Le chemin faisait des angles
nombreux, derrière lesquels la clarté dis-
paraissait à chaque instant. Consuelo heurta
contre un de ces angles, tomba, et ne put se
relever. Le froid de la mort parcourut tous
ses membres. Une dernière appréhension se
présenta rapidement à son esprit. Zdenko,
pour cacher l'escalier et l'issue de la citerne,
avait probablement reçu l'ordre de lâcher
l'écluse après un temps déterminé. Lors même
que la haine ne l'inspirerait pas, il devait

obéir par habitude à cette précaution nécessaire. — C'en est donc fait, pensa Consuelo
en faisant de vaines tentatives pour se traîner sur ses genoux. Je suis la proie d'un destin impitoyable. Je ne sortirai plus de ce souterrain funeste; mes yeux ne reverront plus
la lumière du ciel !

Déjà un voile plus épais que celui des ténèbres extérieures s'étendait sur sa vue, ses
mains s'engourdissaient, et une apathie qui
ressemblait au dernier sommeil suspendait
ses terreurs. Tout à coup elle se sent pressée
et soulevée dans des bras puissants, qui la
saisissent et l'entraînent vers la citerne. Un
sein embrasé palpite contre le sien, et le ré-
chauffe; une voix amie et caressante lui
adresse de tendres paroles; Cynabre bondit
devant elle en agitant la lumière. C'est Albert, qui, revenu à lui, l'emporte et la sauve,
avec la passion d'une mère qui vient de per-

dre et de retrouver son enfant. En trois minutes ils arrivèrent au canal où l'eau de la
source venait de s'épancher; ils atteignirent
l'arcade et l'escalier de la citerne. Cynabre,
habitué à cette dangereuse ascension, s'é-
lança le premier, comme s'il eût crainte
d'entraver les pas de son maître en se tenant
trop près de lui. Albert, portant Consuelo
d'un bras et se cramponnant de l'autre à la
chaîne, remonta cette spirale au fond de laquelle l'eau s'agitait déjà pour remonter
aussi. Ce n'était pas le moindre des dangers
que Consuelo eût traversés; mais elle n'avait
plus peur. Albert était doué d'une force musculaire auprès de laquelle celle de Zdenko
n'était qu'un jeu, et dans ce moment il était
animé d'une puissance surnaturelle. Lorsqu'il déposa son précieux fardeau sur la margelle du puits, à la clarté de l'aube naissante,
Consuelo respirant enfin, et se détachant de

sa poitrine haletante, essuya avec son voile son large front baigné de sueur. — Ami, lui dit-elle avec tendresse, sans vous j'allais mourir, et vous m'avez rendu tout ce que j'ai fait pour vous ; mais je sens maintenant votre fatigue plus que vous-même, et il me semble que je vais y succomber à votre place.

— O ma petite Zingarella! lui dit Albert avec enthousiasme en baisant le voile qu'elle appuyait sur son visage, tu es aussi légère dans mes bras que le jour où je t'ai descendue du Schreckenstein pour te faire entrer dans ce château.

— D'où vous ne sortirez plus sans ma permission. Albert, n'oubliez pas vos serments !

— Ni toi les tiens, lui répondit-il en s'agenouillant devant elle.

Il l'aida à s'envelopper avec le voile et à traverser sa chambre, d'ou elle s'échappa

furtive pour regagner la sienne propre. On
commençait à s'éveiller dans le château. Déjà
la chanoinesse faisait entendre à l'étage infé-
rieur une toux sèche et perçante, signal de
son lever. Consuelo eut le bonheur de n'être
vue ni entendue de personne. La crainte lui
fit retrouver des ailes pour se réfugier dans
son appartement. D'une main agitée elle se
débarrassa de ses vêtements souillés et dé-
chirés, et les cacha dans un coffre dont elle
ôta la clef. Elle recouvra la force et la mémoire nécessaires pour faire disparaître toute
trace de son mystérieux voyage. Mais à peine
eut-elle laissé tomber sa tête accablée sur
son chevet, qu'un sommeil lourd et brûlant
plein de rêves fantasques et d'évènements
épouvantables, vint l'y clouer sous le poids
de la fièvre envahissante et inexorable.

# 13

Cependant la chanoinesse Wenceslawa, après une demi-heure d'oraisons, monta l'escalier, et, suivant sa coutume, consacra le premier soin de sa journée à son cher neveu. Elle se dirigea vers la porte de sa chambre, et colla son oreille contre la serrure, quoique

avec moins d'espérance que jamais d'entendre les légers bruits qui devaient lui annoncer son retour. Quelles furent sa surprise et
sa joie, lorsqu'elle saisit le son égal de sa
respiration durant le sommeil ! Elle fit un
grand signe de croix, et se hasarda à tourner
doucement la clef dans la serrure, et à s'a-
vancer sur la pointe du pied. Elle vit Albert
paisiblement endormi dans son lit, et Cynabre couché en rond sur le fauteuil voisin. Elle
n'éveilla ni l'un ni l'autre, et courut trouver
le comte Christian, qui, prosterné dans son
oratoire, demandait avec sa résignation accoutumée que son fils lui fût rendu, soit dans
le ciel, soit sur la terre.

— Mon frère, lui dit-elle à voix basse en
s'agenouillant auprès de lui, suspendez vos
prières, et cherchez dans votre cœur les plus
ferventes bénédictions. Dieu vous a exaucé !

Elle n'eut pas besoin de s'expliquer davan-

tage. Le vieillard, se retournant vers elle,
et rencontrant ses petits yeux clairs animés
d'une joie profonde et sympathique, leva ses
mains desséchées vers l'autel, en s'écriant
d'une voix éteinte : — Mon Dieu, vous m'a-
vez rendu mon fils!

Et tous deux, par une même inspiration, se
mirent à réciter alternativement à demi-voix
les versets du beau cantique de Siméon :
*Maintenant je puis mourir*, etc.

On résolut de ne pas réveiller Albert. On
appela le baron, le chapelain, tous les serviteurs, et l'on écouta dévotement la messe d'ac-
tions de grâces dans la chapelle du château.
Amélie apprit avec une joie sincère le retour
de son cousin; mais elle trouva fort injuste
que, pour célébrer pieusement cet heureux
évènement, on la fit lever à cinq heures du
matin pour avaler une messe durant laquelle
il lui fallut étouffer bien des bâillements.

— Pourquoi votre amie, la bonne Porporina, ne s'est-elle pas unie à nous pour re-
mercier la Providence ? dit le comte Christian à sa nièce lorsque la messe fut finie.

— J'ai essayé de la réveiller, répondit
Amélie. Je l'ai appelée, secouée, et avertie
de toutes les façons ; mais je n'ai jamais pu
lui rien faire comprendre, ni la décider à
ouvrir les yeux. Si elle n'était brûlante et
rouge comme le feu, je l'aurais crue morte.
Il faut qu'elle ait bien mal dormi cette nuit
et qu'elle ait la fièvre.

— Elle est malade, en ce cas, cette digne
personne ! reprit le vieux comte. Ma chère
sœur Wenceslawa, vous devriez aller la
voir et lui porter les soins que son état ré-
clame. A Dieu ne plaise qu'un si beau jour
soit attristé par la souffrance de cette noble
fille !

— J'irai, mon frère, répondit la chanoinesse, qui ne disait plus un mot et ne faisait plus un pas à propos de Consuelo sans consulter les regards du chapelain. Mais ne vous tourmentez pas, Christian ; ce ne sera rien ! La signora Nina est très nerveuse. Elle sera bientôt guérie.

— N'est-ce pas pourtant une chose bien singulière, dit-elle au chapelain un instant après, lorsqu'elle put le prendre à part, que cette fille ait prédit le retour d'Albert avec tant d'assurance et de vérité ! Monsieur le chapelain, nous nous sommes peut-être trompés sur son compte. C'est peut-être une espèce de sainte qui a des révélations ?

— Une sainte serait venue entendre la messe, au lieu d'avoir la fièvre dans un pareil moment, objecta le chapelain d'un air profond.

Cette remarque judicieuse arracha un soupir à la chanoinesse. Elle alla néanmoins

voir Consuelo, et lui trouva une fièvre brûlante, accompagnée d'une somnolence invincible. Le chapelain fut appelé, et déclara
qu'elle serait fort malade si cette fièvre continuait. Il interrogea la jeune baronne pour
savoir si sa voisine de chambre n'avait pas
eu une nuit très agitée.

— Tout au contraire, répondit Amélie, je
ne l'ai pas entendue remuer. Je m'attendais,
d'après ses prédictions et les beaux contes
qu'elle nous faisait depuis quelques jours, à
entendre le sabbat danser dans son appartement. Mais il faut que le diable l'ait empor-
tée bien loin d'ici, ou qu'elle ait affaire à des
lutins fort bien appris, car elle n'a pas
bougé, que je sache, et mon sommeil n'a pas
été troublé un seul instant.

Ces plaisanteries parurent de fort mauvais
goût au chapelain ; et la chanoinesse, que
son cœur sauvait des travers de son esprit,

les trouva déplacées au chevet d'une compagne gravement malade. Elle n'en témoi-
gna pourtant rien, attribuant l'aigreur de sa
nièce à une jalousie trop bien fondée ; et elle
demanda au chapelain quels médicaments il
fallait administrer à la Porporina.

Il ordonna un calmant, qu'il fut impossible
de lui faire avaler. Ses dents étaient contrac-
tées, et sa bouche livide repoussait tout
breuvage. Le chapelain prononça que c'é-
tait un mauvais signe. Mais avec une apathie
malheureusement trop contagieuse dans
cette maison, il remit à un nouvel examen
le jugement qu'il pouvait porter sur la malade. *On verra ; il faut attendre ; on ne peut encore rien décider :* telles étaient les senten-
ces favorites de l'Esculape tonsuré. — Si cela
continue, répéta-t-il en quittant la chambre
de Consuelo, il faudra *songer* à appeler un
médecin ; car je ne prendrai pas sur moi de

soigner un cas extraordinaire d'affection morale. Je prierai pour cette demoiselle ; et
peut-être dans la situation d'esprit où elle
s'est trouvée depuis ces derniers temps, de-
vons-nous attendre de Dieu seul des secours
plus efficaces que ceux de l'art.

On laissa une servante auprès de Consuelo, et on alla se préparer à déjeûner. La
chanoinesse pétrit elle-même le plus beau
gâteau qui fût jamais sorti de ses mains sa-
vantes. Elle se flattait qu'Albert, après un
long jeûne, mangerait avec plaisir ce mets fa-
vori. La belle Amélie fit une toilette éblouis-
sante de fraîcheur, en se disant que son cousin aurait peut-être quelque regret de l'avoir
offensée et irritée quand il la retrouverait si
séduisante. Chacun songeait à ménager quelque agréable surprise au jeune comte ; et
l'on oublia le seul être dont on eût dû s'occuper, la pauvre Consuelo, à qui on était rede-

vable de son retour, et qu'Albert allait être
impatient de revoir.

Albert s'éveilla bientôt, et au lieu de faire
d'inutiles efforts pour se rappeler les évènements de la veille comme il lui arrivait toujours après les accès de démence qui le con-
duisaient à sa demeure souterraine, il retrouva promptement la mémoire de son
amour et du bonheur que Consuelo lui avait
donné. Il se leva à la hâte, s'habilla, se par-
fuma, et courut se jeter dans les bras de son
père et de sa tante. La joie de ces bons parents fut portée au comble lorsqu'ils virent
qu'Albert jouissait de toute sa raison, qu'il
avait conscience de sa longue absence, et
qu'il leur en demandait pardon avec une ardente tendresse, leur promettant de ne plus
leur causer jamais ce chagrin et ces inquié-
tudes. Il vit les transports qu'excitait ce retour au sentiment de la réalité. Mais il re-

marqua les ménagements qu'on s'obstinait à garder pour lui cacher sa position, et il se sentit un peu humilié d'être traité encore comme un enfant, lorsqu'il se sentait redevenu un homme. Il se soumit à ce châtiment trop léger pour le mal qu'il avait causé, en se disant que c'était un avertissement salutaire, et que Consuelo lui saurait gré de le comprendre et de l'accepter.

Lorsqu'il s'assit à table, au milieu des caresses, des larmes de bonheur, et dessoins empressés de sa famille, il chercha des yeux avec anxiété celle qui était devenue nécessaire à sa vie et à son repos. Il vit sa place vide, et n'osa demander pourquoi la Porporina ne descendait pas. Cependant la chanoinesse, qui le voyait tourner la tête et tressaillir chaque fois qu'on ouvrait les portes, crut devoir éloigner de lui toute inquiétude en lui disant que leur jeune hôtesse avait mal dormi, qu'elle se reposait, et souhaitait garder le lit une partie de la journée.

Albert comprit bien que sa libératrice devait être accablée de fatigue, et néanmoins l'effroi se peignit sur son visage à cette nouvelle. — Ma tante, dit-il, ne pouvant contenir plus longtemps son émotion, je pense que si la fille adoptive du Porpora était sérieusement indisposée, nous ne serions pas tous ici, occupés tranquillement à manger et à causer autour d'une table.

— Rassurez-vous donc, Albert, dit Amélie en rougissant de dépit, la Nina est occupée à rêver de vous, et à augurer votre retour qu'elle attend en dormant, tandis que nous le fêtons ici dans la joie.

Albert devint pâle d'indignation, et lançant à sa cousine un regard foudroyant : — Si quelqu'un ici m'a attendu en dormant, dit-il, ce n'est pas la personne que vous nommez

qui doit en être remerciée ; la fraîcheur de
vos joues, ma belle cousine, atteste que vous
n'avez pas perdu en mon absence une heure
de sommeil, et que vous ne sauriez avoir en
ce moment aucun besoin de repos. Je vous
en rends grâce de tout mon cœur ; car il me
serait très pénible de vous en demander pardon comme j'en demande pardon, avec
honte et douleur à tous les autres membres et amis de ma famille.

— Grand merci de l'exception, repartit
Amélie, vermeille de colère : je m'efforcerai
de la mériter toujours, en gardant mes veil-
les et mes soucis pour quelqu'un qui puisse
m'en savoir gré, et ne pas s'en faire un
jeu.

Cette petite altercation, qui n'était pas
nouvelle entre Albert et sa fiancée, mais qui
n'avait jamais été aussi vive de part et d'au-

tre, jeta, malgré tous les efforts qu'on fit
pour en distraire Albert, de la tristesse et de
la contrainte sur le reste de la matinée. La
chanoinesse alla voir plusieurs fois sa malade, et la trouva toujours plus brûlante et
plus accablée. Amélie, que l'inquiétude d'Albert blessait comme une injure personnelle,
alla pleurer dans sa chambre. Le chapelain
se prononça au point de dire à la chanoinesse qu'il faudrait envoyer chercher un
médecin le soir, si la fièvre ne cédait pas. Le
comte Christian retint son fils auprès de lui,
pour le distraire d'une sollicitude qu'il ne comprenait pas et qu'il croyait encore maladive.
Mais en l'enchaînant à ses côtés par des paroles affectueuses, le bon vieillard ne sut pas
trouver le moindre sujet de conversation et
d'épanchement avec cet esprit qu'il n'avait
jamais voulu sonder, dans la crainte d'être
vaincu et dominé par une raison supérieure

à la sienne en matière de religion. Il est bien
vrai que le comte Christian appelait folie et
révolte cette vive lumière qui perçait au milieu des bizarreries d'Albert, et dont les faibles yeux d'un rigide catholique n'eussent
pu soutenir l'éclat; mais il se roidissait contre la sympathie qui l'excitait à l'interroger
sérieusement. Chaque fois qu'il avait essayé
de redresser ses hérésies, il avait été réduit
au silence par des arguments pleins de droi-
ture et de fermeté. La nature ne l'avait point
fait éloquent. Il n'avait pas cette faconde
animée qui entretient la controverse, encore
moins ce charlatanisme de discussion qui, à
défaut de logique, en impose par un air de
science et des fanfaronnades de certitude.
Naïf et modeste, il se laissait fermer la bouche; il se reprochait de n'avoir pas mis à
profit les années de sa jeunesse pour s'in-
struire de ces choses profondes qu'Albert lui

opposait; et, certain qu'il y avait dans les abîmes de la science théologique des trésors de
vérité, dont un plus habile et plus érudit que
lui eût pu écraser l'hérésie d'Albert, il se
cramponnait à sa foi ébranlée, se rejetant,
pour se dispenser d'agir plus énergiquement,
sur son ignorance et sa simplicité, qui enor-
gueillissaient trop le rebelle et lui faisaient
ainsi plus de mal que de bien.

Leur entretien, vingt fois interrompu par
une sorte de crainte mutuelle, et vingt fois
repris avec effort de part et d'autre, finit
donc par tomber de lui-même. Le vieux
Christian s'assoupit sur son fauteuil, et Albert le quitta pour aller s'informer de l'état
de Consuelo, qui l'alarmait d'autant plus
qu'on faisait plus d'efforts pour le lui cacher.

Il passa plus de deux heures à errer dans
les corridors du château, guettant la chanoi-

nesse et le chapelain au passage pour leur
demander des nouvelles. Le chapelain s'obstinait à lui répondre avec concision et réserve; la chanoinesse se composait un visage riant dès qu'elle l'apercevait, et affectait de lui parler d'autre chose, pour le
tromper par une apparence de sécurité.
Mais Albert voyait bien qu'elle commençait
à se tourmenter sérieusement, qu'elle faisait
des voyages toujours plus fréquents à la
chambre de Consuelo; et il remarquait qu'on
ne craignait pas d'ouvrir et de fermer à chaque instant les portes, comme si ce sommeil
prétendu paisible et nécessaire, n'eût pu être
troublé par le bruit et l'agitation. Il s'enhar-
dit jusqu'à approcher de cette chambre où
il eût donné sa vie pour pénétrer un seul instant. Elle était précédée d'une première
pièce, et séparée du corridor par deux portes épaisses qui ne laissaient de passage ni à

l'œil ni à l'oreille. La chanoinesse, remar-
quant cette tentative, avait tout fermé et
verrouillé, et ne se rendait plus auprès de la
malade qu'en passant par la chambre d'A-
mélie qui y était contiguë, et où Albert
n'eût été chercher des renseignements qu'a-
vec une mortelle répugnance. Enfin, le
voyant exaspéré, et craignant le retour de
son mal, elle prit sur elle de mentir; et, tout
en demandant pardon à Dieu dans son cœur,
elle lui annonça que la malade allait beaucoup mieux, et qu'elle se promettait de descendre pour diner avec la famille.

Albert ne se méfia pas des paroles de sa
tante, dont les lèvres pures n'avaient jamais
offensé la vérité ouvertement comme elles
venaient de le faire; et il alla retrouver le
vieux comte, en hâtant de tous ses vœux
l'heure qui devait lui rendre Consuelo et le
bonheur.

Mais cette heure sonna en vain ; Consuelo
ne parut point. La chanoinesse, faisant de
rapides progrès dans l'art du mensonge, raconta qu'elle s'était levée, mais qu'elle s'é-
tait sentie un peu faible, et avait préféré dîner dans sa chambre. On feignit même de
lui envoyer une part choisie des mets les
plus délicats. Ces ruses triomphèrent de l'effroi d'Albert. Quoiqu'il éprouvât une tristesse accablante et comme un pressentiment
d'un malheur inouï, il se soumit, et fit des
efforts pour paraître calme.

Le soir, Wenceslawa vint, avec un air de
satisfaction qui n'était presque plus joué,
dire que la Porporina était mieux ; qu'elle
n'avait plus le teint animé, que son pouls
était plutôt faible que plein, et qu'elle passerait certainement une excellente nuit. —
Pourquoi donc suis-je glacé de terreur, malgré ces bonnes nouvelles ? pensa le jeune

comte en prenant congé de ses parents à l'heure accoutumée.

Le fait est que la bonne chanoinesse, qui, malgré sa maigreur et sa difformité, n'avait jamais été malade de sa vie, n'entendait rien du tout aux maladies des autres. Elle voyait Consuelo passer d'une rougeur dévorante à une pâleur bleuâtre, son sang agité se congeler dans ses artères, et sa poitrine, trop oppressée pour se soulever sous l'effort de la respiration, paraître calme et immobile. Un instant elle l'avait crue guérie, et avait annoncé cette nouvelle avec une confiance enfantine. Mais le chapelain, qui en savait quelque peu davantage, voyait bien que ce repos apparent était l'avant-coureur d'une crise violente. Dès qu'Albert se fut retiré, i avertit la chanoinesse que le moment était venu d'envoyer chercher le médecin. Malheureusement la ville était éloignée, la nuit

obscure, les chemins détestables , et Hanz
bien lent, malgré son zèle. L'orage s'éleva,
la pluie tomba par torrents. Le vieux cheval
que montait le vieux serviteur s'effraya, tré-
bucha vingt fois, et finit par s'égarer dans
les bois avec son maître consterné, qui prenait toutes les collines pour le Schreckenstein , et tous les éclairs pour le vol flam-
boyant d'un mauvais esprit. Ce ne fut qu'au
grand jour que Hanz retrouva sa route. Il
approcha, au trot le plus allongé qu'il put
faire prendre à sa monture, de la ville, où
dormait profondément le médecin ; celui-ci
s'éveilla, se para lentement, et se mit enfin
en route. On avait perdu à décider et à effectuer tout ceci vingt-quatre heures.

Albert essaya vainement de dormir. Une
inquiétude dévorante et les bruits sinistres
de l'orage le tinrent éveillé toute la nuit. Il
n'osait descendre, craignant encore de scan-

daliser sa tante, qui lui avait fait un sermon
le matin, sur l'inconvenance de ses importu-
nités auprès de l'appartement de deux de-
moiselles. Il laissa sa porte ouverte, et entendit plusieurs fois des pas à l'étage infé-
rieur. Il courait sur l'escalier ; mais ne voyant
personne et n'entendant plus rien, il s'effor-
çait de se rassurer, et de mettre sur le
compte du vent et de la pluie ces bruits
trompeurs qui l'avaient effrayé. Depuis que
Consuelo l'avait exigé, il soignait sa raison,
sa santé morale, avec patience et fermeté.
Il repoussait les agitations et les craintes, et
tâchait de s'élever au dessus de son amour,
par la force de son amour même. Mais tout
à coup, au milieu des roulements de la foudre et du craquement de l'antique char-
pente du château qui gémissait sous l'effort
de l'ouragan, un long cri déchirant s'élève
jusqu'à lui, et pénètre dans ses entrailles

comme un coup de poignard. Albert, qui
s'était jeté tout habillé sur son lit avec la résolution de s'endormir, bondit, s'élance,
franchit l'escalier comme un trait, et frappe
à la porte de Consuelo. Le silence était rétabli ; personne ne venait ouvrir. Albert
croyait encore avoir rêvé ; mais un nouveau
cri, plus affreux, plus sinistre encore que le
premier, vint déchirer son cœur. Il n'hésite
plus, fait le tour par un corridor sombre,
arrive à la porte d'Amélie, la secoue, et se
nomme. Il entend pousser un verrou, et la
voix d'Amélie lui ordonne impérieusement de
s'éloigner. Cependant les cris et les gémissements redoublent : c'est la voix de Consuelo
en proie à un supplice intolérable. Il entend
son propre nom s'exhaler avec désespoir de
cette bouche adorée. Il pousse la porte avec
rage, fait sauter serrure et verrou, et, re-
poussant Amélie, qui joue là pudeur outra-

gée en se voyant surprise en robe de chambre de damas et en coiffe de dentelles, il la fait tomber sur son sofa, et s'élance dans la chambre de Consuelo, pâle comme un spectre, et les cheveux dressés sur la tête.

## 14

Consuelo, en proie à un délire épouvantable, se débattait dans les bras des deux plus vigoureuses servantes de la maison, qui avaient grand'peine à l'empêcher de se jeter hors de son lit. Tourmentée, ainsi qu'il arrive dans certains cas de fièvre cérébrale,

par des terreurs inouies, la malheureuse enfant voulait fuir les visions dont elle était
assaillie; elle croyait voir, dans les personnes qui s'efforçaient de la retenir et de la
rassurer, des ennemis, des monstres achar-
nés à sa perte. Le chapelain consterné, qui
la croyait prête à retomber foudroyée par
son mal, répétait déjà auprès d'elle les prières des agonisants : elle le prenait pour
Zdenko construisant le mur qui devait l'en-
sevelir, en psalmodiant ses chansons mystérieuses. La chanoinesse tremblante, qui joi-
gnait ses faibles efforts à ceux des autres
femmes pour la retenir dans son lit, lui ap-
paraissait comme le fantôme des deux Wanda, la sœur de Zyska et la mère d'Albert, se
montrant tour à tour dans la grotte du soli-
taire, et lui reprochant d'usurper leurs droits
et d'envahir leur domaine. Ses exclamations,
ses gémissements, et ses prières délirantes

et incompréhensibles pour les assistants, étaient en rapport direct avec les pensées et les objets qui l'avaient si vivement agitée et frappée la nuit précédente. Elle entendait gronder le torrent, et avec ses bras elle imitait le mouvement de nager. Elle secouait sa noire chevelure éparse sur ses épaules, et croyait en voir tomber des flots d'écume. Toujours elle sentait Zdenko derrière elle, occupé à ouvrir l'écluse, ou devant elle, acharné à lui fermer le chemin. Elle ne parlait que d'eau et de pierres, avec une continuité d'images qui faisait dire au chapelain en secouant la tête : Voilà un rêve bien long et bien pénible. Je ne sais pourquoi elle s'est tant préoccupé l'esprit dernièrement de cette citerne ; c'était sans doute un commencement de fièvre, et vous voyez que son délire a toujours cet objet en vue.

Au moment où Albert entra éperdu dans

sa chambre, Cónsuelo, épuisée de fatigue,
ne faisait plus entendre que des mots inarti-
culés qui se terminaient par des cris sauvages. La puissance de la volonté ne gouver-
nant plus ses terreurs, comme au moment
où elle les avait affrontées, elle en subissait
l'effet rétroactif avec une intensité horrible.
Elle retrouvait cependant une sorte de réflexion tirée de son délire même, et se prenait à appeler Albert d'une voix si pleine et
si vibrante que toute la maison semblait en
devoir être ébranlée sur ses fondements;
puis ses cris se perdaient en de longs sanglots qui paraissaient la suffoquer, bien que
ses yeux hagards fussent secs et d'un éclat
effrayant. — Me voici, me voici ! s'écria Albert en se précipitant vers son lit. Consuelo
l'entendit, reprit toute son énergie, et, s'i-
maginant aussitôt qu'il fuyait devant elle, se
dégagea des mains qui la tenaient, avec

cette rapidité de mouvements et cette force
musculaire que donne aux êtres les plus faibles le transport de la fièvre. Elle bondit au
milieu de la chambre, échevelée, les pieds
nus, le corps enveloppé d'une légère robe
de nuit blanche et froissée, qui lui donnait
l'air d'un spectre échappé de la tombe ; et
au moment où on croyait la ressaisir, elle
sauta par-dessus l'épinette qui se trouvait
devant elle, avec l'agilité d'un chat sauvage, atteignit la fenêtre qu'elle prenait pour
l'ouverture de la fatale citerne, y posa un
pied, étendit les bras, et criant de nouveau
le nom d'Albert au milieu de la nuit orageuse et sinistre, elle allait se précipiter,
lorsque Albert, encore plus agile et plus fort
qu'elle, l'entoura de ses bras et la reporta
sur son lit. Elle ne le reconnut pas ; mais
elle ne fit aucune résistance, et cessa de
crier. Albert lui prodigua en espagnol les

plus doux noms et les plus ferventes prières :
elle l'écoutait, les yeux fixes et sans le voir
ni lui répondre; mais tout à coup, se relevant
et se plaçant à genoux sur son lit, elle se mit
à chanter une strophe du *Te Deum* de Han-
del qu'elle avait récemment lue et admirée.
Jamais sa voix n'avait eu plus d'expression
et plus d'éclat. Jamais elle n'avait été aussi
belle que dans cette attitude extatique, avec
ses cheveux flottants, ses joues embrasées
du feu de la fièvre, et ses yeux qui semblaient
lire dans le ciel entr'ouvert pour eux seuls.
La chanoinesse en fut émue au point de s'a-
genouiller elle-même au pied du lit en fondant en larmes; et le chapelain, malgré son
peu de sympathie, courba la tête et fut saisi
d'un respect religieux. A peine Consuelo eut-
elle fini la strophe, qu'elle fit un grand soupir; un joie divine brilla sur son visage. Je
suis sauvée! s'écria-t-elle; et elle tomba à

la renverse, pâle et froide comme le marbre, les yeux encore ouverts mais éteints, les lèvres bleues et les bras roides.

Un instant de silence et de stupeur succéda à cette scène. Amélie, qui, debout et immobile sur le seuil de sa chambre, avait assisté, sans oser faire un pas, à ce spectacle effrayant, tomba évanouie d'horreur. La chanoinesse et les deux femmes coururent à elle pour la secourir. Consuelo resta étendue et livide, appuyée sur le bras d'Albert qui avait laissé tomber son front sur le sein de l'agonisante et ne paraissait pas plus vivant qu'elle. La chanoinesse n'eut pas plus tôt fait déposer Amélie sur son lit, qu'elle revint sur le seuil de la chambre de Consuelo. — Eh bien, monsieur le chapelain? dit-elle d'un air abattu.

— Madame, c'est la mort! répondit le chapelain d'une voix profonde, en laissant

retomber le bras de Consuelo dont il venait
d'interroger le pouls avec attention.

— Non, ce n'est pas la mort! non, mille
fois non! s'écria Albert en se soulevant im-
pétueusement. J'ai consulté son cœur, mieux
que vous n'avez consulté son bras. Il bat
encore; elle respire, elle vit. Oh! elle vivra!
Ce n'est pas ainsi, ce n'est pas maintenant
qu'elle doit finir. Qui donc a eu la témérité
de croire que Dieu avait prononcé sa mort?
Voici le moment de la soigner efficacement.
Monsieur le chapelain, donnez-moi votre
boîte. Je sais ce qu'il lui faut, et vous ne le
savez pas. Malheureux que vous êtes, obéis-
sez-moi! Vous ne l'avez pas secourue; vous
pouviez empêcher l'invasion de cette horrible crise; vous ne l'avez pas fait, vous ne
l'avez pas voulu; vous m'avez caché son
mal, vous m'avez tous trompé. Vous vouliez
donc la perdre? Votre lâche prudence, votre

hideuse apathie, vous ont lié la langue et les mains! Donnez-moi votre boîte, vous dis-je, et laissez-moi agir.

Et comme le chapelain hésitait à lui remettre ces médicaments qui, sous la main inexpérimentée d'un homme exalté et à demi fou, pouvaient devenir des poisons, il la lui arracha violemment. Sourd aux observations de sa tante, il choisit et dosa lui-même les calmants impérieux qui pouvaient agir avec promptitude. Albert était plus savant en beaucoup de choses qu'on ne le pensait. Il avait étudié sur lui-même, à une époque de sa vie où il se rendait encore compte des fréquents désordres de son cerveau, l'effet des révulsifs les plus énergiques. Inspiré par un jugement prompt, par un zèle courageux et absolu, il administra la potion que le chapelain n'eût jamais osé conseiller. Il réussit, avec une patience et

une douceur incroyables, à desserrer les
dents de la malade, et à lui faire avaler
quelques gouttes de ce remède efficace. Au
bout d'une heure, pendant laquelle il réité-
ra plusieurs fois le traitement, Consuelo res-
pirait librement; ses mains avaient repris de
la tiédeur, et ses traits de l'élasticité. Elle
n'entendait et ne sentait rien encore; mais
son accablement était une sorte de sommeil,
et une pâle coloration revenait à ses lèvres.
Le médecin arriva, et, voyant le cas sérieux,
déclara qu'on l'avait appelé bien tard et
qu'il ne répondait de rien. Il eût fallu prati-
quer une saignée la veille; maintenant le
moment n'était plus favorable. Sans aucun
doute la saignée ramènerait la crise. Ceci
devenait embarrassant.

— Elle la ramènera, dit Albert; et cependant il faut saigner.

Le médecin allemand, lourd personnage

plein d'estime pour lui-même, et habitué, dans son pays, où il n'avait point de concurrent, à être écouté comme un oracle, souleva son épaisse paupière, et regarda en clignotant celui qui se permettait de trancher ainsi la question.

— Je vous dis qu'il faut saigner, reprit Albert avec force. Avec ou sans la saignée la crise doit revenir.

— Permettez, dit le docteur Wetzelius ; ceci n'est pas aussi certain que vous paraissez le croire.

Et il sourit d'un air un peu dédaigneux et ironique.

— Si la crise ne revient pas, tout est perdu, repartit Albert ; vous devez le savoir. Cette somnolence conduit droit à l'engourdissement des facultés du cerveau, à la paralysie, et à la mort. Votre devoir est de vous emparer de la maladie, d'en ranimer l'intensité

pour la combattre, de lutter enfin! Sans cela,
que venez-vous faire ici ? Les prières et les
sépultures ne sont pas de votre ressort. Sai-
gnez, ou je saigne moi-même.

Le docteur savait bien qu'Albert raison-
nait juste, et il avait eu tout d'abord l'intention de saigner ; mais il ne convenait pas à
un homme de son importance de prononcer
et d'exécuter aussi vite. C'eût été donner à
penser que le cas était simple, et le traitement facile, et notre Allemand avait coutume
de feindre de grandes perplexités, un pénible
examen, afin de sortir de là triomphant,
comme par une soudaine illumination de son
génie, afin de faire répéter ce que mille fois
il avait fait dire de lui : « La maladie était si
avancée, si dangereuse, que le docteur Wetzelius lui-même ne savait à quoi se résoudre.
Nul autre que lui n'eût saisi le moment et deviné le remède. C'est un homme bien pru-

dent, bien savant, bien fort. Il n'a pas son pareil, même à Vienne! »

Quand il se vit contrarié, et mis au pied du mur sans façon par l'impatience d'Albert :

— Si vous êtes médecin, lui répondit-il, et si vous avez autorité ici, je ne vois pas pourquoi l'on m'a fait appeler, et je m'en retourne chez moi.

— Si vous ne voulez point vous décider en temps opportun, vous pouvez vous retirer, dit Albert.

Le docteur Wetzelius, profondément blessé d'avoir été associé à un confrère inconnu, qui le traitait avec si peu de déférence, se leva et passa dans la chambre d'Amélie, pour s'occuper des nerfs de cette jeune personne, qui le demandait instamment, et pour prendre congé de la chanoinesse; mais celle-ci le retint.

— Hélas! mon cher docteur, lui dit-elle,

vous ne pouvez pas nous abandonner dans une pareille situation. Voyez quelle responsabilité pèse sur nous! Mon neveu vous a offensé ; mais devez-vous prendre au sérieux la vivacité d'un homme si peu maître de lui-même?...

— Est-ce donc là le comte Albert? demanda le docteur stupéfait. Je ne l'aurais jamais reconnu. Il est tellement changé!...

— Sans doute; depuis près de dix ans que vous ne l'avez vu, il s'est fait en lui bien du changement.

— Je le croyais complètement rétabli, dit le docteur avec malignité; car on ne m'a pas fait appeler une seule fois depuis son retour.

— Ah! mon cher docteur! vous savez bien qu'Albert n'a jamais voulu se soumettre aux arrêts de la science.

— Et cependant le voilà médecin lui-
même, à ce que je vois?

— Il a quelques notions de tout ; mais il
porte en tout sa précipitation bouillante.
L'état affreux où il vient de voir cette jeune
fille l'a beaucoup troublé ; autrement vous
l'eussiez trouvé plus poli, plus sensé, et plus
reconnaissant des soins que vous lui avez don-
nés dans son enfance.

— Je crains qu'il n'en ait plus besoin que
jamais, reprit le docteur, qui, malgré son
respect pour la famille et le château, aimait
mieux affliger la chanoinesse par cette dure
réflexion, que de quitter son attitude dédai-
gneuse, et de renoncer à la petite vengeance
de traiter Albert comme un insensé.

La chanoinesse souffrit de cette cruauté,
d'autant plus que le dépit du docteur pouvait
lui faire divulguer l'état de son neveu,
qu'elle prenait tant de peine pour dissimuler.

Elle se soumit pour le désarmer, et lui demanda humblement ce qu'il pensait de cette saignée conseillée par Albert. — Je pense que c'est une absurdité pour le moment, dit le docteur, qui voulait garder l'initiative et laisser tomber l'arrêt en toute liberté de sa bouche révérée. J'attendrai une heure ou deux ; je ne perdrai pas de vue la malade, et si le moment se présente, fût-ce plus tôt que je ne pense, j'agirai ; mais dans la crise présente, l'état du pouls ne me permet pas de rien préciser.

— Vous nous restez donc ? Béni soyez-vous, excellent docteur !

— Du moment que mon adversaire est le jeune comte, dit le docteur en souriant d'un air de pitié protectrice, je ne m'étonne plus de rien, et je laisse dire.

Il allait rentrer dans la chambre de Consuelo, dont le chapelain avait poussé la porte

pour qu'Albert n'entendît pas ce colloque,
lorsque le chapelain lui-même, pâle et tout
effaré, quitta la malade et vint trouver le
docteur.

— Au nom du ciel ! docteur, s'écria-t-il,
venez employer votre autorité ; la mienne
est méconnue, et la voix de Dieu même le
serait, je crois, par le comte Albert. Le voilà
qui s'obstine à saigner la moribonde, malgré
votre défense ; et il va le faire si, par je ne
sais quelle force ou quelle adresse, nous ne
réussissons à l'arrêter. Dieu sait s'il a jamais
touché une lancette. Il va l'estropier, s'il ne
la tue sur le coup par une émission de sang
pratiquée hors de propos.

— Oui-dà ! dit le docteur d'un ton gogue-
nard, et en se traînant pesamment vers la
porte avec l'enjouement égoïste et blessant
d'un homme que le cœur n'inspire point.
Nous allons donc en voir de belles, si je ne

lui fais pas quelque conte pour le mettre à la raison.

Mais lorsqu'il arriva auprès du lit, Albert avait sa lancette rougie entre ses dents : d'une main il soutenait le bras de Consuelo, et de l'autre l'assiette. La veine était ouverte, un sang noir coulait en abondance.

Le chapelain voulut murmurer, s'exclamer, prendre le ciel à témoin. Le docteur essaya de plaisanter et de distraire Albert, pensant prendre son temps pour fermer la veine, sauf à la rouvrir un instant après quand son caprice et sa vanité pourraient s'emparer du succès. Mais Albert le tint à distance par la seule expression de son regard ; et dès qu'il eut tiré la quantité de sang voulue, il plaça l'appareil avec toute la dextérité d'un opérateur exercé ; puis il replia doucement le bras de Consuelo dans les couvertures, et, passant un flacon à la chanoi-

nesse pour qu'elle le tînt près des narines de
la malade, il appela le chapelain et le docteur
dans la chambre d'Amélie : — Messieurs,
leur dit-il, vous ne pouvez-être d'aucune
utilité à la personne que je soigne. L'irrésolution ou les préjugés paralysent votre zèle
et votre savoir. Je vous déclare que je prends
tout sur moi, et que je ne veux être ni dis-
trait ni contrarié dans l'accomplissement
d'une tâche aussi sérieuse. Je prie donc monsieur le chapelain de réciter ses prières, et
monsieur le docteur d'administrer ses potions à ma cousine. Je ne souffrirai plus qu'on
fasse des pronostics et des apprêts de mort
autour du lit d'une personne qu va reprendre
connaissance tout-à-l'heure. Qu'on se le
tienne pour dit. Si j'offense ici un savant, si
je suis coupable envers un ami, j'en deman-
derai pardon quand je pourrai songer à moi-
même.

Après avoir parlé ainsi, d'un ton dont le calme et la douceur contrastaient avec la sécheresse de ses paroles, Albert rentra dans l'appartement de Consuelo, ferma la porte, mit la clef dans sa poche, et dit à la chanoinesse : Personne n'entrera ici, et personne n'en sortira sans ma volonté.

# 15

La chanoinesse, interdite, n'osa lui répondre un seul mot. Il y avait dans son air et dans son maintien quelque chose de si absolu, que la bonne tante en eut peur et se mit à lui obéir d'instinct avec un empressement et une ponctualité sans exemple. Le médecin,

voyant son autorité complètement méconnue,
et ne se souciant pas, comme il le raconta
plus tard, d'entrer en lutte avec un furieux,
prit le sage parti de se retirer. Le chapelain
alla dire des prières, et Albert, secondé par
sa tante et par les deux femmes de service,
passa toute la journée auprès de sa malade,
sans ralentir ses soins un seul instant. Après
quelques heures de calme, la crise d'exaltation revint presque aussi forte que la nuit
précédente; mais elle dura moins longtemps,
et lorsqu'elle eut cédé à l'effet de puissants
réactifs, Albert engagea la chanoinesse à aller se coucher et à lui envoyer seulement une
nouvelle femme pour l'aider pendant que les
deux autres iraient se reposer.

— Ne voulez-vous donc pas vous reposer
aussi, Albert? demanda Wenceslawa en
tremblant.

— Non, ma chère tante, répondit-il ; je n'en ai aucun besoin.

— Hélas ! reprit-elle, vous, vous tuez, mon enfant ! Voici une étrangère qui nous coûte bien cher ! ajouta-t-elle en s'éloignant enhardie par l'inattention du jeune comte.

Il consentit cependant à prendre quelques aliments, pour ne pas perdre les forces dont il se sentait avoir besoin. Il mangea debout dans le corridor, l'œil attaché sur la porte ; et dès qu'il eut fini, il jeta sa serviette par terre et rentra. Il avait fermé désormais la communication entre la chambre de Consuelo et celle d'Amélie, et ne laissait plus passer que par la galerie le peu de personnes auxquelles il donnait accès. Amélie voulut pourtant être admise, et feignit de rendre quelques soins à sa compagne ; mais elle s'y prenait si gauchement, et à chaque mouvement fébrile de Consuelo elle témoignait

tant d'effroi de la voir retomber dans les con-
vulsions, qu'Albert, impatienté, la pria de
ne se mêler de rien, et d'aller dans sa chambre s'occuper d'elle-même. — Dans ma
chambre! répondit Amélie; et lors même
que la bienséance ne me défendrait pas de
me coucher quand vous êtes là séparé de
moi par une seule porte, presque installé
chez moi, pensez-vous que je puisse goûter
un repos bien paisible avec ces cris affreux
et cette épouvantable agonie à mes oreilles?

Albert haussa les épaules, et lui répondit
qu'il y avait beaucoup d'autres appartements
dans le château; qu'elle pouvait s'emparer
du meilleur, en attendant qu'on pût transporter la malade dans une chambre où son
voisinage n'incommoderait personne.

Amélie, pleine de dépit, suivit ce conseil.
La vue des soins délicats, et pour ainsi dire

maternels, qu'Albert rendait à sa rivale, lui était plus pénible que tout le reste. — O ma tante ! dit-elle en se jetant dans les bras de la chanoinesse, lorsque celle-ci l'eut installée dans sa propre chambre à coucher, où elle se fit dresser un lit à côté d'elle, nous ne connaissions pas Albert. Il nous montre maintenant comme il sait aimer !

Pendant plusieurs jours, Consuelo fut entre la vie et la mort ; mais Albert combattit le mal avec une persévérance et une habileté qui devaient en triompher. Il l'arracha enfin à cette rude épreuve ; et dès qu'elle fut hors de danger, il la fit transporter dans une tour du château où le soleil donnait plus longtemps, et d'où la vue était encore plus belle et plus vaste que de toutes les autres croisées. Cette chambre, meublée à l'antique, était aussi plus conforme aux goûts sérieux de Consuelo que celle dont on avait dis-

posé pour elle dans le principe : et il y avait
longtemps qu'elle avait laissé percer son désir
de l'habiter. Elle y fut à l'abri des importu-
nités de sa compagne, et, malgré la présence
continuelle d'une femme que l'on relevait
chaque matin et chaque soir, elle put passer
dans une sorte de tête-à-tête avec celui qui
l'avait sauvée, les jours languissants et doux
de sa convalescence. Ils parlaient toujours
espagnol ensemble, et l'expression délicate
et tendre de la passion d'Albert était plus
douce à l'oreille de Consuelo dans cette langue, qui lui rappelait sa patrie, son enfance
et sa mère. Pénétrée d'une vive reconnaissance, affaiblie par des souffrances où Albert l'avait seul assistée et soulagée effi cace-
ment, elle se laissait aller à cette molle quié-
tude qui suit les grandes crises. Sa mémoire
se réveillait peu à peu, mais sous un voile
qui n'était pas partout également léger. Par

exemple, si elle se retraçait avec un plaisir
pur et légitime l'appui et le dévouement d'Albert dans les principales rencontres de leur
liaison, elle ne voyait les égarements de sa
raison, et le fond trop sérieux de sa passion
pour elle, qu'à travers un nuage épais. Il y
avait même des heures où, après l'affaisse-
ment du sommeil ou sous l'effet des potions
assoupissantes, elle s'imaginait encore avoir
rêvé tout ce qui pouvait mêler de la méfiance
et de la crainte à l'image de son généreux
ami. Elle s'était tellement habituée à sa présence et à ses soins, que, s'il s'absentait à sa
prière pour prendre ses repas en famille, elle
se sentait malade et agitée jusqu'à son retour.
Elle s'imaginait que les calmants qu'il lui admi-
nistrait avaient un effet contraire, s'il ne les
préparait et s'il ne les lui versait de sa propre main ; et quand il les lui présentait lui-
même, elle lui disait avec ce sourire lent et

profond, et si touchant sur un beau visage encore à demi couvert des ombres de la mort :

—Je crois bien maintenant, Albert, que vous avez la science des enchantements; car il suffit que vous ordonniez à une goutte d'eau de m'être salutaire, pour qu'aussitôt elle fasse passer en moi le calme et la force qui sont en vous.

Albert était heureux pour la première fois de sa vie; et comme si son âme eût été puissante pour la joie autant qu'elle l'avait été pour la douleur, il était, à cette époque de ravissement et d'ivresse, l'homme le plus fortuné qu'il y eût sur la terre. Cette chambre, où il voyait sa bien-aimée à toute heure et sans témoins importuns, était devenue pour lui un lieu de délices. La nuit, aussitôt qu'il avait fait semblant de se retirer et que tout le monde était couché dans la maison, il la traversait à pas furtifs; et, tandis que

la garde chargée de veiller dormait profondément, il se glissait derrière le lit de sa chère
Consuelo, et la regardait sommeiller, pâle
et penchée comme une fleur après l'orage.
Il s'installait dans un grand fauteuil qu'il
avait soin de laisser toujours là en partant ;
et il y passait la nuit entière, dormant d'un
sommeil si léger qu'au moindre mouvement
de la malade il était courbé vers elle pour
entendre les faibles mots qu'elle venait d'articuler ; ou bien sa main toute prête recevait
la main qui le cherchait, lorsque Consuelo,
agitée de quelque rêve, témoignait un reste
d'inquiétude. Si la garde se réveillait, Albert
lui disait toujours qu'il venait d'entrer, et
elle se persuadait qu'il faisait une ou deux
visites par nuit à sa malade, tandis qu'il ne
passait pas une demi-heure dans sa propre
chambre. Consuelo partageait cette illusion.
Quoiqu'elle s'aperçût bien plus souvent que

sa gardienne de la présence d'Albert, elle était encore si faible qu'elle se laissait aisément tromper par lui sur la fréquence et la durée de ces visites. Quelquefois, au milieu de la nuit, lorsqu'elle le suppliait d'aller se coucher, il lui disait que le jour était près de paraître et que lui-même venait de se lever. Grâce à ces délicates tromperies, Consuelo ne souffrait jamais de son absence, et elle ne s'inquiétait pas de la fatigue qu'il devait ressentir.

Cette fatigue était, malgré tout, si légère, qu'Albert ne s'en apercevait pas. L'amour donne des forces au plus faible; et outre qu'Albert était d'une force d'organisation exceptionnelle, jamais poitrine humaine n'avait logé un amour plus vaste et plus vivifiant que le sien. Lorsqu'aux premiers feux du soleil Consuelo s'était lentement traînée à sa chaise longue, près de la fenêtre entr'ou-

verte, Albert venait s'asseoir derrière elle,
et cherchait dans la course des nuages ou
dans la pourpre des rayons, à saisir les pensées que l'aspect du ciel inspirait à sa silencieuse amie. Quelquefois il prenait furtive-
ment un bout du voile dont elle enveloppait
sa tête, et dont un vent tiède faisait flotter
les plis sur le dossier du sofa. Albert pen-
chait son front comme pour se reposer, et
collait sa bouche contre le voile. Un jour,
Consuelo, en le lui retirant pour le ramener
sur sa poitrine, s'étonna de le trouver chaud
et humide, et, se retournant avec plus de
vivacité qu'elle n'en mettait dans ses mouvements, depuis l'accablement de sa maladie,
elle surprit une émotion extraordinaire sur
le visage de son ami. Ses joues étaient animées, un feu dévorant couvait dans ses yeux,
et sa poitrine était soulevée par de violentes
palpitations... Albert maîtrisa rapidement

son trouble : mais il avait eu le temps de voir
l'effroi se peindre dans les traits de Consuelo.
Cette observation l'affligea profondément. Il
eût mieux aimé la voir armée de dédain et
de sévérité qu'assiégée d'un reste de crainte
et de méfiance. Il résolut de veiller sur lui-
même avec assez de soin pour que le souvenir de son délire ne vînt plus alarmer celle
qui l'en avait guéri au péril et presque au
prix de sa propre raison et de sa propre vie.

Il y parvint, grâce à une puissance que
n'eût pas trouvée un homme placé dans une
situation d'esprit plus calme. Habitué dès
longtemps à concentrer l'impétuosité de ses
émotions, et à faire de sa volonté un usage
d'autant plus énergique, qu'il lui était plus
souvent disputé par les mystérieuses atteintes de son mal, il exerçait sur lui-même un
empire dont on ne lui tenait pas assez de
compte. On ignorait la fréquence et la force

des accès qu'il avait su dompter chaque jour,
jusqu'au moment où, dominé par la violence
du désespoir et de l'égarement, il fuyait vers
sa caverne inconnue, vainqueur encore dans
sa défaite, puisqu'il conservait assez de respect envers lui-même pour dérober à tous
les yeux le spectacle de sa chûte. Albert était
un fou de l'espèce la plus malheureuse et la
plus respectable. Il connaissait sa folie, et la
sentait venir jusqu'à ce qu'elle l'eût envahi
complètement. Encore gardait-il, au milieu
de ses accès, le vague instinct et le souvenir
confus d'un monde réel, où il ne voulait pas
se montrer tant qu'il ne sentait pas ses rap-
ports avec lui entièrement rétablis. Ce souvenir de la vie actuelle et positive, nous l'a-
vons tous, lorsque les rêves d'un sommeil
pénible nous jettent dans la vie des fictions et
du délire. Nous nous débattons parfois contre ces chimères et ces terreurs de la nuit,

tout en nous disant qu'elles sont l'effet dn cauchemar, et en faisant des efforts pour nous réveiller ; mais un pouvoir ennemi semble nous saisir à plusieurs reprises, et nous replonger dans cette horrible léthargie, où des spectacles toujours plus lugubres et des douleurs toujours plus poignantes nous assiégent et nous torturent.

C'est dans une alternative analogue que s'écoulait la vie puissante et misérable de cet homme incompris, qu'une tendresse active, délicate, et intelligente, pouvait seule sauver de ses propres détresses. Cette tendresse s'était enfin manifestée dans son existence. Consuelo était vraiment l'âme candide qui semblait avoir été formée pour trouver le difficile accès de cette âme sombre et jusque là fermée à toute sympathie complète. Il y avait dans la sollicitude qu'un enthousiasme romanesque avait fait naître

d'abord chez cette jeune fille, et dans l'amitié respectueuse que la reconnaissance lui
inspirait depuis sa maladie, quelque chose
de suave et de touchant que Dieu, sans doute,
savait particulièrement propre à la guérison
d'Albert. Il est fort probable que si Consuelo,
oublieuse du passé, eût partagé l'ardeur de
sa passion, des transports si nouveaux dans
sa vie, et une joie si subite, l'eussent exalté
de la manière la plus funeste. L'amitié dis-
crète et chaste qu'elle lui portait devait avoir
pour son salut des effets plus lents, mais
plus sûrs. C'était un frein en même temps
qu'un bienfait; et s'il y avait une sorte d'i-
vresse dans le cœur renouvelé de ce jeune
homme, il s'y mêlait une idée de devoir et
de sacrifice qui donnait à sa pensée d'autres
aliments, et à sa volonté un autre but que
ceux qui l'avaient dévoré jusque là. Il éprouvait donc, à la fois, le bonheur d'être aimé

comme il ne l'avait jamais été, la douleur
de ne pas l'être avec l'emportement qu'il
ressentait lui-même, et la crainte de perdre
ce bonheur en ne paraissant pas s'en contenter. Ce triple effet de son amour remplit
bientôt son âme, au point de n'y plus laisser
de place pour les rêveries vers lesquelles
son inaction et son isolement l'avaient forcé
pendant si longtemps de se tourner. Il en
fut délivré comme par la force d'un enchan-
tement; car il les oublia, et l'image de celle
qu'il aimait tint ses maux à distance, et sembla s'être placée entre eux et lui, comme un
bouclier céleste.

Le repos d'esprit et le calme de sentiment
qui étaient si nécessaires au rétablissement
de la jeune malade ne furent donc plus que
bien légèrement et bien rarement troublés
par les agitations secrètes de son médecin.
Comme le héros fabuleux, Consuelo était

descendue dans le Tartare pour en tirer son
ami, et elle en avait rapporté l'épouvante
et l'égarement. A son tour il s'efforça de la
délivrer des sinistres hôtes qui l'avaient sui-
vie, et il y parvint à force de soins délicats et
de respect passionné. Ils recommençaient
ensemble une vie nouvelle, appuyés l'un sur
l'autre, n'osant guère regarder en arrière,
et ne se sentant pas la force de se replonger
par la pensée dans cet abîme qu'ils venaient
de parcourir. L'avenir était un nouvel
abîme, non moins mystérieux et terrible,
qu'ils n'osaient pas interroger non plus. Mais
le présent, comme un temps de grâce que
le ciel leur accordait, se laissait doucement
savourer.

# 16

Il s'en fallait de beaucoup que les autres habitants du château fussent aussi tranquilles. Amélie était furieuse, et ne daignait plus rendre la moindre visite à la malade. Elle affectait de ne point adresser la parole à Albert, de ne jamais tourner les yeux vers

lui, et de ne pas même répondre à son salut
du matin et du soir. Ce qu'il y eut de plus
affreux, c'est qu'Albert ne parut pas faire la
moindre attention à son dépit.

La chanoinesse, voyant la passion bien
évidente et pour ainsi dire déclarée de son
neveu pour l'*aventurière*, n'avait plus un
moment de repos. Elle se creusait l'esprit
pour imaginer un moyen de faire cesser le
danger et le scandale ; et, à cet effet, elle
avait de longues conférences avec le chapelain. Mais celui-ci ne désirait pas très vivement la fin d'un tel état de choses. Il avait
été longtemps inutile et inaperçu dans les
soucis de la famille. Son rôle reprenait une
sorte d'importance depuis ces nouvelles agitations, et il pouvait enfin se livrer au plaisir
d'espionner, de révéler, d'avertir, de prédire,
de conseiller, en un mot de remuer à son
gré les intérêts domestiques, en ayant l'air

de ne toucher à rien, et en se mettant à couvert de l'indignation du jeune comte derrière les jupes de la vieille tante. A eux deux,
ils trouvaient sans cesse de nouveaux sujets
de crainte, de nouveaux motifs de précaution, et jamais aucun moyen de salut. Chaque jour, la bonne Wenceslawa abordait son
neveu avec une explication décisive au bord
des lèvres, et chaque jour un sourire moqueur ou un regard glacial faisait expirer la
parole et avorter le projet. A chaque instant
elle guettait l'occasion de se glisser auprès
de Consuelo, pour lui adresser une répri-
mande adroite et ferme; à chaque instant
Albert, comme averti par un démon fami-
lier, venait se placer sur le seuil de la chambre, et du seul froncement de son sourcil,
comme le Jupiter Olympien, il faisait tomber le courroux et glaçait le courage des di-
vinités contraires à sa chère Ilion. La cha-

noinesse avait cependant entamé plusieurs
fois la conversation avec la malade ; et
comme les moments où elle pouvait la voir
tête à tête étaient rares, elle avait mis le
temps à profit en lui adressant des réflexions
assez saugrenues, qu'elle croyait très signi-
ficatives. Mais Consuelo était si éloignée de
l'ambition qu'on lui supposait, qu'elle n'y
avait rien compris. Son étonnement, son air
de candeur et de confiance, désarmaient
tout de suite la bonne chanoinesse, qui, de
sa vie, n'avait pu résister à un accent de
franchise ou à une caresse cordiale. Elle
s'en allait, toute confuse, avouer sa défaite
au chapelain, et le reste de la journée se
passait à faire des résolutions pour le lendemain.

Cependant, Albert, devinant fort bien ce
manège, et voyant que Consuelo commençait à s'en étonner et à s'en inquiéter, prit

le parti de le faire cesser. Il guetta un jour
Wenceslawa au passage ; et pendant qu'elle
croyait tromper sa surveillance en surpre-
nant Consuelo seule de grand matin, il se
montra tout à coup, au moment où elle mettait la main sur la clef pour entrer dans la
chambre de la malade. — Ma bonne tante,
lui dit-il en s'emparant de cette main et en
la portant à ses lèvres, j'ai à vous dire bien
bas une chose qui vous intéresse. C'est que
la vie et la santé de la personne qui repose
ici près me sont plus précieuses que ma propre vie et que mon propre bonheur. Je sais
fort bien que votre confesseur vous fait un
cas de conscience de contrarier mon dévouement pour elle, et de détruire l'effet de mes
soins. Sans cela, votre noble cœur n'eût jamais conçu la pensée de compromettre par
des paroles amères et des reproches injustes
le rétablissement d'une malade à peine hors

de danger. Mais puisque le fanatisme ou la
petitesse d'un prêtre peuvent faire de tels
prodiges que de transformer en cruauté
aveugle la piété la plus sincère et la charité
la plus pure, je m'opposerai de tout mon
pouvoir au crime dont ma pauvre tante con-
sent à se faire l'instrument. Je garderai ma
malade la nuit et le jour, je ne la quitterai
plus d'un instant ; et si malgré mon zèle on
réussit à me l'enlever, je jure, par tout ce
qu'il y a de plus redoutable à la croyance
humaine, que je sortirai de la maison de mes
pères pour n'y jamais rentrer. Je pense que
quand vous aurez fait connaître ma déter-
mination à M. le chapelain, il cessera de
vous tourmenter et de combattre les généreux instincts de votre cœur maternel.

La chanoinesse stupéfaite ne put répondre à ce discours qu'en fondant en larmes.
Albert l'avait emmenée à l'extrémité de la

galerie, afin que cette explication ne fût pas
entendue de Consuelo. Elle se plaignit vivement du ton de révolte et de menace que son
neveu prenait avec elle, et voulut profiter de
l'occasion pour lui démontrer la folie de son
attachement pour une personne d'aussi basse
extraction que la Nina. — Ma tante, lui répondit Albert en souriant, vous oubliez que
si nous sommes issus du sang royal des Podiebrad, nos ancêtres les monarques ne l'ont
été que par la grâce des paysans révoltés et
des soldats aventuriers. Un Podiebrad ne
doit donc jamais voir dans sa glorieuse ori-
gine qu'un motif de plus pour se rapprocher
du faible et du pauvre, puisque c'est là que
sa force et sa puissance ont planté leurs racines, il n'y a pas si longtemps qu'il puisse
déjà l'avoir oublié.

Quand Wenceslawa raconta au chapelain
cette orageuse conférence, il fut d'avis de

ne pas exaspérer le jeune comte en insistant
auprès de lui, et de ne pas le pousser à la
révolte en tourmentant sa protégée. — C'est
au comte Christian lui-même qu'il faut
adresser vos représentations, dit-il. L'excès
de votre tendresse a trop enhardi le fils ; que
la sagesse de vos remontrances éveille enfin
l'inquiétude du père, afin qu'il prenne à l'é-
gard de la *dangereuse personne* des mesures
décisives.

— Croyez-vous donc, reprit la chanoinesse, que je ne me sois pas encore avisée
de ce moyen? Mais, hélas! mon frère a
vieilli de quinze ans pendant les quinze jours
de la dernière disparition d'Albert. Son esprit a tellement baissé, qu'il n'est plus possible de lui faire rien comprendre à demi-
mot. Il semble qu'il fasse une sorte de résistance aveugle et muette à l'idée d'un
chagrin nouveau ; il se réjouit comme un

enfant d'avoir retrouvé son fils, et de l'entendre raisonner en apparence comme un homme sensé. Il le croit guéri radicalement, et ne s'aperçoit pas que le pauvre Albert est en proie à un nouveau genre de folie plus funeste que l'autre. La sécurité de mon frère à cet égard est si profonde, et il en jouit si naïvement, que je ne me suis pas encore senti le courage de la détruire, en lui ouvrant les yeux tout à fait sur ce qui se passe. Il me semble que cette ouverture, lui venant de vous, serait écoutée avec plus de résignation, et qu'accompagnée de vos exhortations religieuses, elle serait plus efficace et moins pénible.

— Une telle ouverture est trop délicate, répondit le chapelain, pour être abordée par un pauvre prêtre comme moi. Dans la bouche d'une sœur, elle sera beaucoup mieux placée, et votre seigneurie saura en adoucir l'amertume par les expressions d'une tendresse que je ne puis me permettre d'exprimer familièrement à l'auguste chef de la famille.

Ces deux graves personnages perdirent plusieurs jours à se renvoyer le soin d'attacher le grelot; et pendant ces irrésolutions où la lenteur et l'apathie de leurs habitudes trouvaient bien un peu leur compte, l'amour faisait de rapides progrès dans le cœur d'Albert. La santé de Consuelo se rétablissait à vue d'œil, et rien ne venait troubler les douceurs d'une intimité que la surveillance des argus les plus farouches n'eût pu rendre plus chaste et plus réservée qu'elle ne l'était par le seul fait d'une pudeur vraie et d'un amour profond.

Cependant la baronne Amélie ne pouvant plus supporter l'humiliation de son rôle, demandait vivement à son père de la recon-

duire à Prague. Le baron Frédérik, qui pré-
férait le séjour des forêts à celui des villes,
lui promettait tout ce qu'elle voulait, et re-
mettait chaque jour au lendemain la notifi-
cation et les apprêts de son départ. La jeune
fille vit qu'il fallait brusquer les choses, et
s'avisa d'un expédient inattendu. Elle s'entendit avec sa soubrette, jeune Française,
passablement fine et décidée; et un matin,
au moment où son père partait pour la
chasse, elle le pria de la conduire en voiture
au château d'une dame de leur connaissance,
à qui elle devait depuis longtemps une visite. Le baron eut bien un peu de peine à
quitter son fusil et sa gibecière, pour changer
sa toilette et l'emploi de sa journée. Mais il
se flatta que cet acte de condescendance rendrait Amélie moins exigeante; que la distraction de cette promenade emporterait sa
mauvaise humeur, et l'aiderait à passer sans

trop murmurer quelques jours de plus au château des Géants. Quand le brave homme avait une semaine devant lui, il croyait avoir assuré l'indépendance de toute sa vie ; sa prévoyance n'allait point au delà. Il se résigna donc à renvoyer Saphyr et Panthère au chenil ; et Attila, le faucon, retourna sur son perchoir d'un air mutin et mécontent qui arracha un gros soupir à son maître.

Enfin le baron monte en voiture avec sa fille, et au bout de trois tours de roue s'endort profondément selon son habitude en pareille circonstance. Aussitôt le cocher reçoit d'Amélie l'ordre de tourner bride et de se diriger vers la poste la plus voisine. On y arrive après deux heures de marche rapide ; et lorsque le baron ouvre les yeux, il voit des chevaux de poste attelés à son brancard tout prêts à l'emporter sur la route de Prague.

— Eh bien! qu'est-ce? où sommes-nous?
où allons-nous? Amélie, ma chère enfant,
quelle distraction est la vôtre? Que signifie
ce caprice, ou cette plaisanterie?

A toutes les questions de son père la jeune
baronne ne répondait que par des éclats de
rire et des caresses enfantines. Enfin, quand
elle vit le postillon à cheval et la voiture couler légèrement sur le sable de la grande
route, elle prit un air sérieux, et d'un ton
fort décidé elle parla ainsi : — Cher papa, ne
vous inquiétez de rien. Tous nos paquets ont
été fort bien faits. Les coffres de la voiture
sont remplis de tous les effets nécessaires au
voyage. Il ne reste au château des Géants que
vos armes et vos bêtes, dont vous n'avez que
faire à Prague, et que d'ailleurs on vous
renverra dès que vous les redemanderez. Une
lettre sera remise à mon oncle Christian, à
l'heure de son déjeûner. Elle est tournée de

manière à lui faire comprendre la nécessité
de notre départ, sans l'affliger trop, et sans
le fâcher contre vous ni contre moi. Maintenant je vous demande humblement pardon de vous avoir trompé ; mais il y avait
près d'un mois que vous aviez consenti à ce
que j'exécute en cet instant. Je ne contrarie
donc pas vos volontés en retournant à Prague dans un moment où vous n'y songiez pas
précisément, mais où vous êtes enchanté, je
gage, d'être délivré de tous les ennuis qu'entraînent la résolution et les préparatifs d'un
déplacement. Ma position devenait intolérable, et vous ne vous en aperceviez pas. Voilà
mon excuse et ma justification. Daignez
m'embrasser et ne pas me regarder avec ces
yeux courroucés qui me font peur.

En parlant ainsi, Amélie étouffait, ainsi
que sa suivante, une forte envie de rire ; car
jamais le baron n'avait eu un regard de co-

lère pour qui que ce fût, à plus forte raison
pour sa fille chérie. Il roulait en ce moment
de gros yeux effarés et, il faut l'avouer, un
peu hébétés par la surprise. S'il éprouvait
quelque contrariété de se voir jouer de la
sorte, et un chagrin réel de quitter son frère
et sa sœur aussi brusquement, sans leur
avoir dit adieu, il était si émerveillé de ce
qui arrivait, que son mécontentement se
changeait en admiration, et il ne pouvait que
dire :

— Mais comment avez-vous fait pour arranger tout cela sans que j'en aie eu le moindre soupçon ? Pardieu, j'étais loin de croire,
en ôtant mes bottes et en faisant rentrer mon
cheval, que je partais pour Prague, et que je
ne dînerais pas ce soir avec mon frère ! Voilà
une singulière aventure, et personne ne vou-
dra me croire quand je la raconterai.....
Mais où avez-vous mis mon bonnet de

voyage, Amélie, et comment voulez-vous
que je dorme dans la voiture avec ce chapeau
galonné sur les oreilles ?

— Votre bonnet ? le voici, cher papa, dit
la jeune espiègle en lui présentant sa toque
fourrée, qu'il mit à l'instant sur son chef avec
une naïve satisfaction.

— Mais ma bouteille de voyage ? vous
l'avez oubliée certainement, méchante petite
fille ?

— Oh ! certainement non, s'écria-t-elle
en lui présentant un large flacon de cristal,
garni de cuir de Russie, et monté en argent ;
je l'ai remplie moi-même du meilleur vin de
Hongrie qui soit dans la cave de ma tante.
Goûtez plutôt, c'est celui que vous préfé-
rez.

— Et ma pipe ? et mon sac de tabac turc ?

— Rien ne manque, dit la soubrette.
Monsieur le baron trouvera tout dans les po-

ches de la voiture ; nous n'avons rien oublié,
rien négligé pour qu'il fît le voyage agréa-
blement.

— A la bonne heure ! dit le baron en
chargeant sa pipe ; ce n'en est pas moins une
grande scélératesse que vous faites là, ma
chère Amélie. Vous rendez votre père ridicule, et vous êtes cause que tout le monde
va se moquer de moi.

— Cher papa, répondit Amélie, c'est moi
qui suis bien ridicule aux yeux du monde,
quand je parais m'obstiner à épouser un aimable cousin qui ne daigne pas me regarder,
et qui, sous mes yeux, fait une cour assidue
à ma maîtresse de musique. Il y a assez longtemps que je subis cette humiliation, et je ne
sais trop s'il est beaucoup de filles de mon
rang, de mon air et de mon âge, qui n'en
eussent pas pris un dépit plus sérieux. Ce
que je sais fort bien, c'est qu'il y a des filles

qui s'ennuient moins que je ne le fais depuis
dix-huit mois, et qui, pour en finir, prennent
la fuite ou se font enlever. Moi, je me con-
tente de fuir en enlevant mon père. C'est
plus nouveau et plus honnête : qu'en pense
mon cher papa ?

— Tu as le diable au corps ! répondit le
baron en embrassant sa fille ; et il fit le reste
du voyage fort gaîment, buvant, fumant et
dormant tour à tour, sans se plaindre et sans
s'étonner davantage.

Cet évènement ne produisit pas autant
d'effet dans la famille que la petite baronne
s'en était flattée. Pour commencer par le
comte Albert, il eût pu passer une semaine
sans y prendre garde ; et , lorsque la chanoinesse le lui annonça, il se contenta de dire :
— Voici la seule chose spirituelle que la
spirituelle Amélie ait su faire depuis qu'elle a
mis le pied ici. Quant à mon bon oncle, j'es-

père qu'il ne sera pas longtemps sans nous revenir.

— Moi, je regrette mon frère, dit le vieux Christian, parce qu'à mon âge on compte par semaines et par jours. Ce qui ne vous paraît pas longtemps, Albert, peut être pour moi l'éternité, et je ne suis pas aussi sûr que vous de revoir mon pacifique et insouciant Frédérick. Allons ! Amélie l'a voulu, ajouta-t-il en repliant et jetant de côté avec un sourire la lettre singulièrement cajoleuse et méchante que la jeune baronne lui avait laissée : rancune de femme ne pardonne pas. Vous n'étiez pas nés l'un pour l'autre, mes enfants, et mes doux rêves se sont envolés !

En parlant ainsi, le vieux comte regardait son fils avec une sorte d'enjouement mélancolique, comme pour surprendre quelque trace de regret dans ses yeux. Mais il n'en trouva aucune ; et Albert, en lui pressant le bras avec tendresse, lui fit comprendre qu'il le remerciait de renoncer à des projets si contraires à son inclination.

— Que ta volonté soit faite, mon Dieu! reprit le vieillard, et que ton cœur soit libre, mon fils! Tu te portes bien, tu parais calme et heureux désormais parmi nous. Je mourrai consolé, et la reconnaissance de ton père te portera bonheur après notre séparation.

— Ne parlez pas de séparation, mon père! s'écria le jeune comte, dont les yeux se remplirent subitement de larmes. Je n'ai pas la force de supporter cette idée.

La chanoinesse, qui commençait à s'attendrir, fut aiguillonnée en cet instant par un regard du chapelain, qui se leva et sortit du salon avec une discrétion affectée. C'était lui donner l'ordre et le signal. Elle pensa, non sans douleur et sans effroi, que le moment était venu de parler; et, fermant les

yeux comme une personne qui se jette par la
fenêtre pour échapper à l'incendie, elle commença ainsi en balbutiant et en devenant
plus pâle que de coutume :

— Certainement Albert chérit tendrement
son père, et il ne voudrait pas lui causer un
chagrin mortel...

Albert leva la tête, et regarda sa tante
avec des yeux si clairs et si pénétrants, qu'elle
fut toute décontenancée, et n'en put dire davantage. Le vieux comte parut ne pas avoir
entendu cette réflexion bizarre, et, dans le
silence qui suivit, la pauvre Wenceslawa
resta tremblante sous le regard de son neveu,
comme la perdrix sous l'arrêt du chien qui la
fascine et l'enchaîne.

Mais le comte Christian, sortant de sa rêverie au bout de quelques instants, répondit
à sa sœur comme si elle eût continué de par-

ler, ou comme s'il eût pu lire dans son esprit
les révélations qu'elle voulait lui faire.

— Chère sœur, dit-il, si j'ai un conseil à
vous donner, c'est de ne pas vous tourmenter de choses auxquelles vous n'entendez rien.
Vous n'avez su de votre vie ce que c'était
qu'une inclination de cœur, et l'austérité
d'une chanoinesse n'est pas la règle qui convient à un jeune homme.

— Dieu vivant! murmura la chanoinesse
bouleversée, ou mon frère ne veut pas me
comprendre, ou sa raison et sa piété l'aban-
donnent. Serait-il possible qu'il voulût encourager par sa faiblesse ou traiter légèrement.....

— Quoi, ma tante? dit Albert d'un ton
ferme et avec une physionomie sévère. Parlez, puisque vous êtes condamnée à le faire.
Formulez clairement votre pensée. Il faut

que cette contrainte finisse, et que nous nous connaissions les uns les autres.

— Non, ma sœur, ne parlez pas, répondit le comte Christian ; vous n'avez rien de neuf à me dire. Il y a longtemps que je vous entends à merveille sans en avoir l'air. Le moment n'est pas venu de s'expliquer sur ce sujet. Quand il en sera temps, je sais ce que j'aurai à faire.

Il affecta aussitôt de parler d'autre chose, et laissa la chanoinesse consternée, Albert incertain et troublé.

Quand le chapelain sut de quelle manière le chef de la famille avait reçu l'avis indirect qu'il lui avait fait donner, il fut saisi de crainte. Le comte Christian, sous un air d'indolence et d'irrésolution, n'avait jamais été un homme faible. Parfois on l'avait vu sortir d'une sorte de somnolence par des actes de sagesse et d'énergie. Le prêtre eut peur d'avoir été trop loin et d'être réprimandé. Il s'attacha donc à détruire son ouvrage au plus vite, et à persuader à la chanoinesse de ne plus se mêler de rien. Quinze jours s'écoulèrent de la manière la plus paisible, sans que rien pût faire pressentir à Consuelo qu'elle était un sujet de trouble dans la famille. Albert continua ses soins assidus auprès d'elle, et lui annonça le départ d'Amélie comme une absence passagère dont il ne lui fit pas soupçonner le motif. Elle commença à sortir de sa chambre ; et la première fois qu'elle se promena dans le jardin, le vieux Christian soutint de son bras faible et tremblant les pas chancelants de la convalescente.

FIN DU TROISIÈME VOLUME.

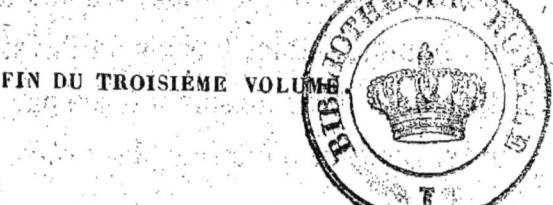

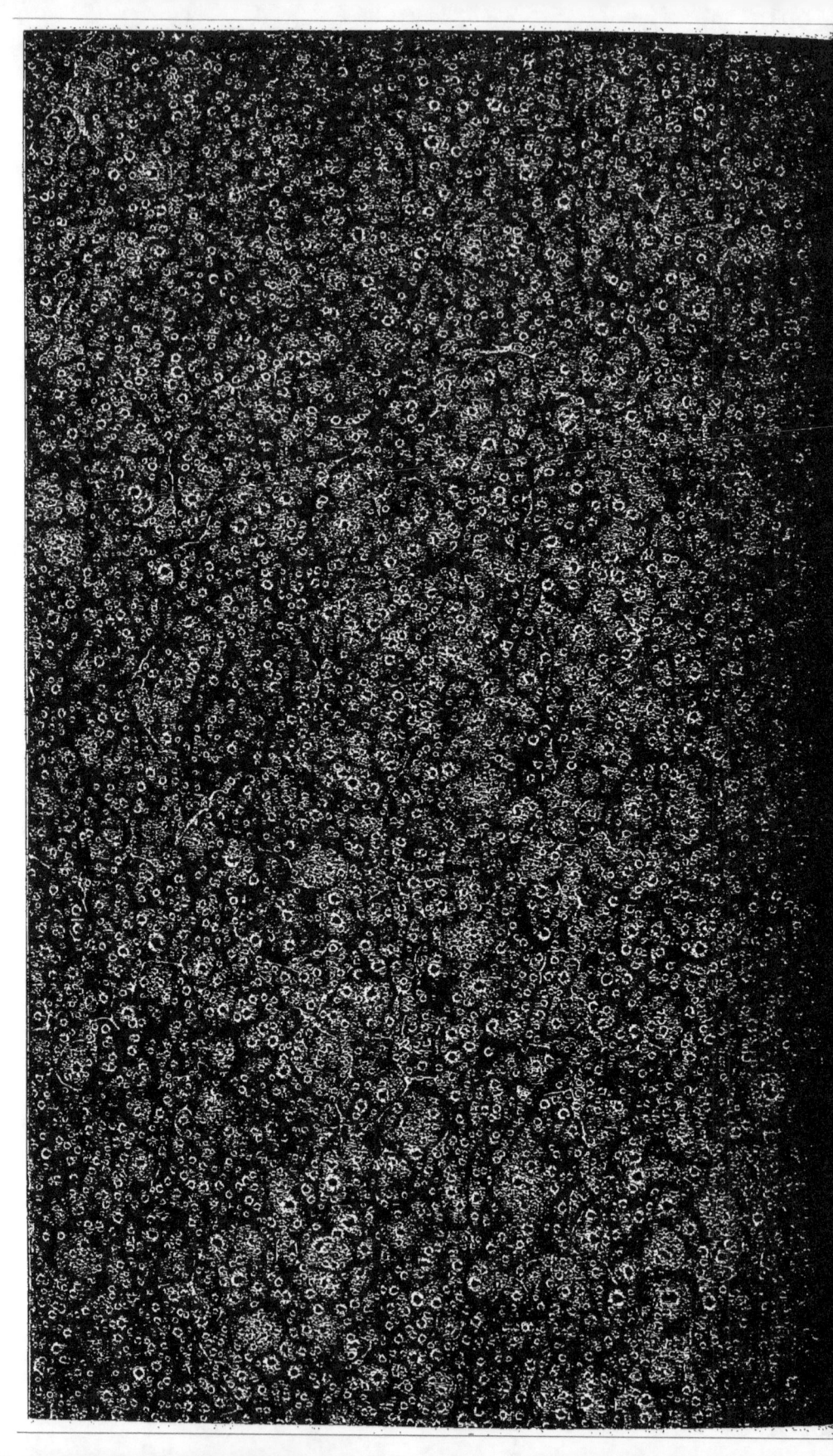

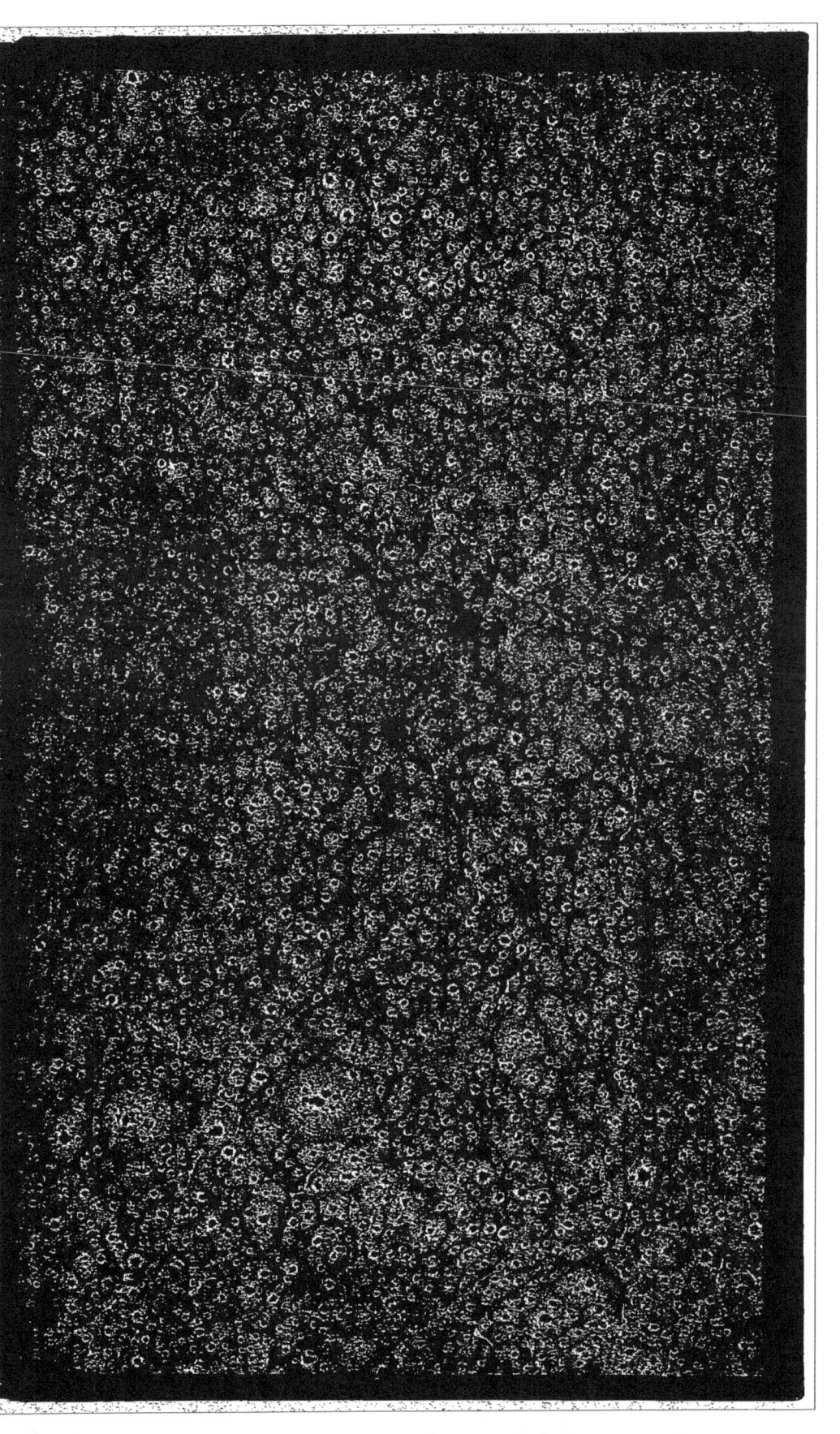